「き、気持ち悪い……」

「こんばんは、レイズ。
リシェナの膝枕は
気持ちよかった？」

僕とリシェナ様は同時に頭を抱えた。何時間という間、廊下を誰も通過しないということは考えられない。つまり、レナ様を含め多くの通行人にその姿を見られていたということになる。うわ、何それ恥ずかしすぎる。今後すれ違う人に「膝枕されていましたね♪」みたいな目で見られるってことだよね？　これからどういう気持ちで屋敷の中を歩けばいいんだ……。
「ちょっ、レナ！」

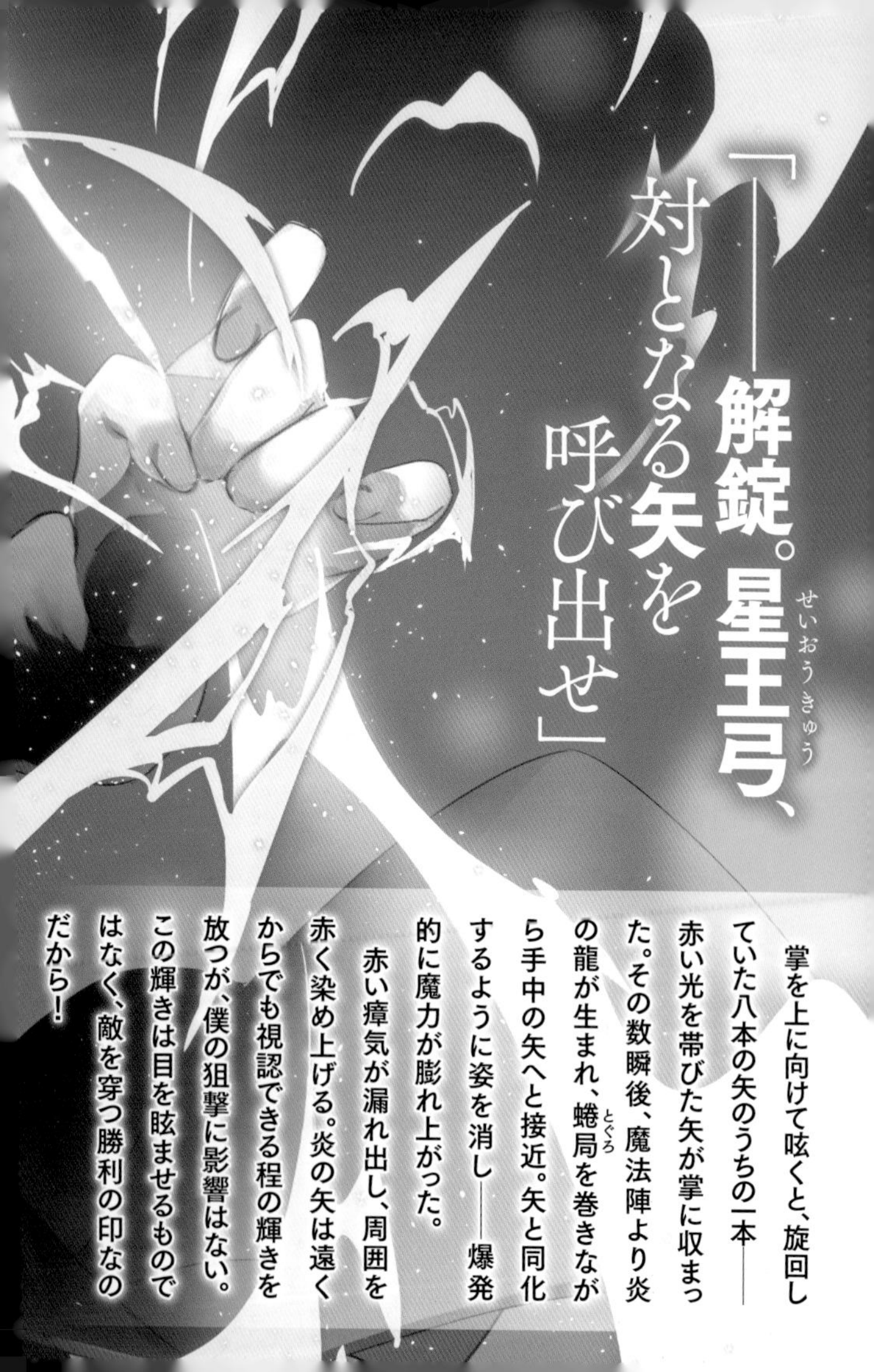

「――解錠。星王弓《せいおうきゅう》、対となる矢を呼び出せ」

掌を上に向けて呟くと、旋回していた八本の矢のうちの一本――赤い光を帯びた矢が掌に収まった。その数瞬後、魔法陣より炎の龍が生まれ、蜷局《とぐろ》を巻きながら手中の矢へと接近。矢と同化するように姿を消し――爆発的に魔力が膨れ上がった。

赤い瘴気が漏れ出し、周囲を赤く染め上げる。炎の矢は遠くからでも視認できる程の輝きを放つが、僕の狙撃に影響はない。この輝きは目を眩ませるものではなく、敵を穿つ勝利の印なのだから！

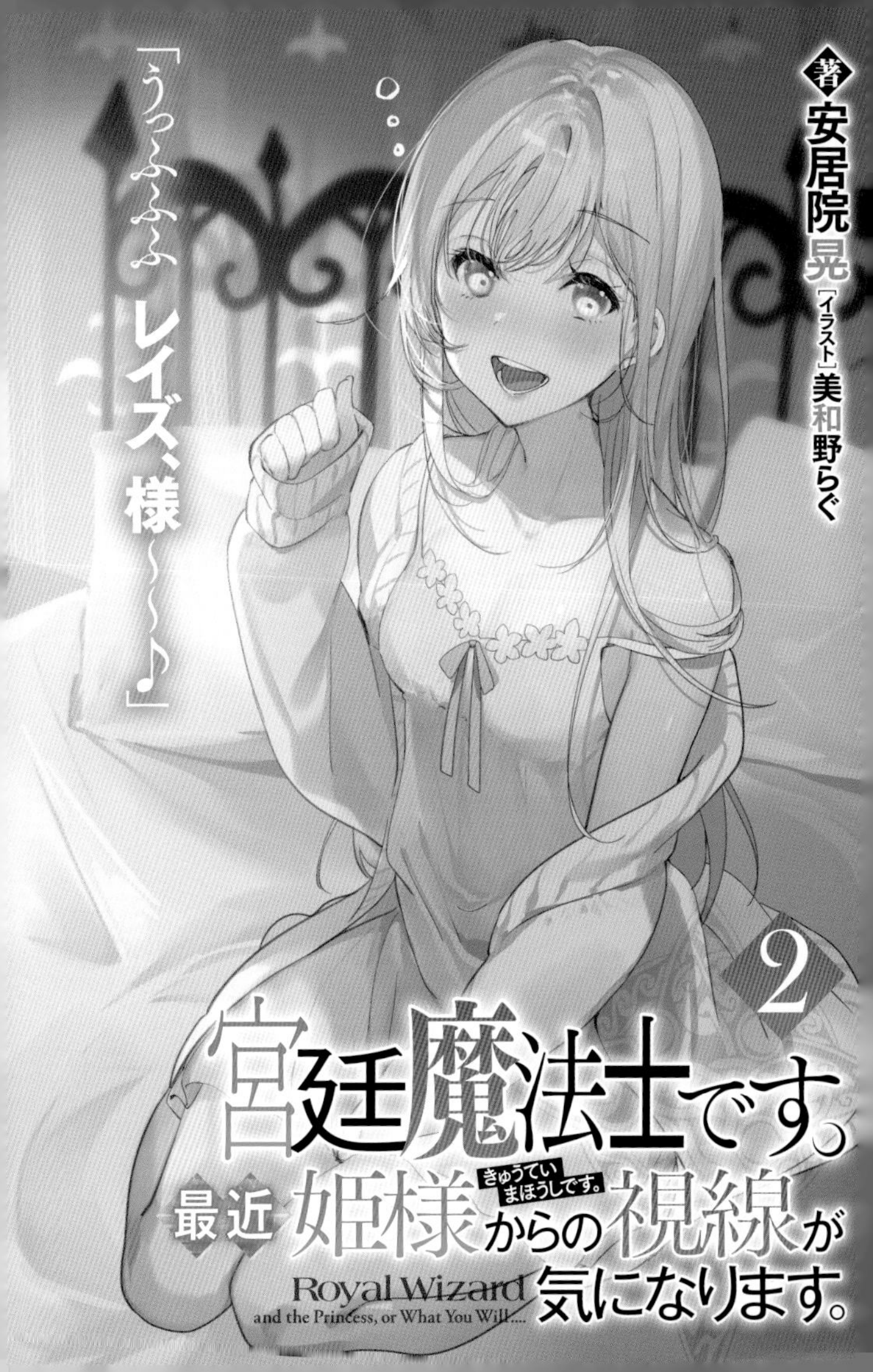
「うっ〜ふ〜ふ〜ふ レイズ、様〜〜♪」
著 安居院晃
［イラスト］美和野らぐ
2
宮廷魔法士です。《きゅうていまほうしです。》
最近姫様からの視線が気になります。
Royal Wizard
and the Princess, or What You Will....

「列車の中で下向いて本を読んでいたら、酔うに決まってるでしょ。馬鹿」
ちらりと視線を対面のアリナさんに向けると、彼女は頬杖をついたまま、窓から流れる景色を見つめていた。普段は傍若無人に振る舞っているけど、容姿だけで見れば凄く美人なのだ。街中を歩けばすれ違った人が思わず振り向いてしまう程に。黙っていれば美人という典型的な例だと思う。これで優しかったら、惚れていたかもね。その可能性はもう限りなくゼロに近いけど。
僕を玩具扱いするので、最終評価は優しいけど酷い人。
もう少し僕に対しての扱いを改善してほしいと常々思うよ。

「燃やし尽くす。炎を」

INDEX

《インデックス》

Royal Wizard
and the Princess, or What You Will....

宮廷魔法士です。最近姫様からの視線が気になります。2

安居院晃

ファンタジア文庫

3090

口絵・本文イラスト　美和野らぐ

2
宮廷魔法士です。《きゅうていまほうしです。》
最近姫様からの視線が気になります。
Royal Wizard
and the Princess, or What You Will....

プロローグ　前兆

王女殿下誘拐未遂事件から数日が経過した、とある日の朝。

早朝の狙撃業務を終えた僕は一旦執務室に戻って仮眠を取った後、王都の市場に足を運んでいた。

普段なら狙撃後の休憩がてら眠っている時間だけど、建国祭という尋常でない激務の地獄が無事に終息。平穏で程々に忙しい日常が戻ってきたため、ヘレンさんに許可を貰《もら》って市場に必要品を買いに来たというわけ。買い物を終えた後は一旦下宿先に戻って荷物を置き、王宮に戻る予定だ。あまりゆっくりしている時間もない。まだ書類が山のように……考えるのはよそう。気分が暗くなるだけだ。

早朝だというのに活気のある市場を巡り歩き、生活必需品を次々と買い込んでいく。

先日の事件で王女殿下を護衛した報酬として、結構な金額の特別賞与をいただいたので懐《ふところ》はかなり暖かくなっているから、お金の心配はない。やったね。

今回の功績を讃《たた》えて勲章の授与なども考えられたらしいけど、殲滅《せんめつ》兵室所属であること、また事件そのものが公にされていないことなので、それはなしとのこと。

僕としては残念どころか、寧《むし》ろありがたい。緊張のあまり失態をやらかしそうなので。王女殿下はとても残念そうにしていたけどね。不服そうに「おかしいです！」と両手を上下に振っていた王女殿下の姿は、とても可愛《かわい》らしかった。

その時のことを思い出して一人笑いながら、八百屋で売られている野菜類に目を止める。そういえば、買い込んであった食材が無くなりそうなんだった。買いに行く暇もなかったし、補充しておかないと。

「あれ？」

棚に並んだ数々の野菜を見て、僕は無意識の内に呟《つぶや》いてしまった。

何も気にせず通り過ぎれば、気が付くことはない。だけど、こうして商品を近くで見ると、色々と違和感に気が付く。

「なんか、全体的に小さい？」

「そうなんだよ」

店番をしていた店主の男性が、溜息《ためいき》交じりに応じてくれた。

「最近野菜を仕入れてるエフェルの農業地帯で問題が起きているらしくて、野菜が小さく値段も高くなってるんだ。前みたいに、新鮮な野菜が入ってこなくてね」

値段を見れば、確かに高い。普段の価格の二割増しくらい、かな？　それなのに野菜自体は小さいし、鮮度も悪く見える。これはちょっと損している気分になるな。色々と事情があるから、仕方ないんだけどさ。

「その問題って、どういうものなんですか？」

「なんでも、野菜が正常に育たなくなっているらしい。色々と試しているが、野菜は駄目になる一方なんだと。こんなことが続いたら、商売上がったりだ」

店主さんが大袈裟《おおげさ》な動作で肩を竦《すく》める。

確かに、野菜をメインに扱っている店からしたら打撃は大きいだろうね。早く、以前のような新鮮で大きな野菜が並べばいいんだけど……そこは現地の農家さんに頑張ってもらうしかない。

問題は次から次へと起きているんだなぁ、なんて他人事《ひとごと》のように思いながら、僕は買い物を済ませて帰路に着いた。

「…………ん～」

開放された窓から差し込む陽《ひ》の暖かさと眩《まぶ》しさを感じながら、僕は重い瞼《まぶた》を持ち上げて大きく伸びをした。視界に陽光が差し込んだことで瞼が閉じかけるも、何とかこじ開け、部屋に置かれていた大型懐中時計を見る。時刻は……丁度、お昼前。

朝の買い物を終えた僕は執務室に戻り、残っていた書類仕事に取り掛かっていた。かなり集中したこともあって、今日一日のノルマは終わらせることができたよ。

王国に仕える身としては、先日起きた誘拐未遂事件の解明に努めなければならないのかもしれないけれど、それは騎士団や研究室に属する者たちの仕事。僕らの本業はあくまで大きな脅威が現れた際の殲滅。協力を要請されたら行動に移すけど、今のところ要請はないので、後回しにしていた大量の書類仕事を片付けているというわけだ。

僕もヘレンさんに治してもらったとはいえかなり血を流したし、まだ安静にしておかなければならないとも言われているから、身体《からだ》を動かす行動は避けるべきだ。しばらくは訓練も休みで、執務室に籠りっぱなしかな。

ボーっと天井を見上げていると、眠気が。ずっと机に向かっていたし、一度集中力が切れると、どうしても眠くなるんだよね。

勤務中ではあるけど、仕事もひと段落ついたし、少し仮眠を取ろうかな。今日くらい、いいよね？

瞼を閉じ、身体の力を抜いて湧き上がる睡魔に身を委ね——身体に何かが巻き付く感覚が生まれた。

「え？」

鈍くなっていた思考が一気に覚醒。何が起きたのかを考える間にも、身体を締める圧迫感はどんどん強くなっていく。若干息苦しいんだけど、どういう状況だ？

目を開けて視線を下に向けると……僕の身体に巻き付いていたのは、蔦《つた》だった。

振りほどこうと力を込めるが、解《ほど》けない。いや、力を込めれば逆に締め上げる力が強くなっている？　ま、まずい。完全に身動きができなくなった。どうして何処《どこ》からともなく蔦が僕を襲って——待てよ？　数日前にあんな事件があったばかりで、何処に敵が潜んでいてもおかしくない。まさか——。

「し、執務室にまで敵が入るように——」

「捕まえた」

戦慄していると、不意に扉が開かれ、一人の女性が姿を見せた。毛先に行くにつれて緑に染まる光り輝く金髪をサイドテールで纏《まと》めた、僕と同じくらい眠そうな女性。金の瞳が、なにやってるんですか？　と、困惑している僕を射貫《いぬ》いている。片手には異様に蔓《つる》の長い植物が生えた植木鉢。なるほど、原因は貴女《あなた》か。

「何をしているんですか、アリナさん」

口の端をピクつかせながら、ジッと見つめるアリナさんを見つめ返す。なんでこの人はいつも僕が眠ろうとしている時に入ってくるのだろうか？　しかも、眠りに落ちる寸前という絶妙なタイミングで。もう狙ってやってるよね？　嫌がらせとしか思えないんだけど。あと、いい加減この状況について説明してほしい。

「どうして執務室で大地干渉なんて使ってるんですか。というか拘束解いてください」

「うん、行くよ」

「何に対しての返事？」

意味のわからない返答をした後、アリナさんは縛り上げた僕を宙に浮かせたまま連行する。拘束している力は変わらないので、結構苦しい。というか、待てや。

「ちょ、ちょっと待って！　僕を何処に連れていくつもりですかッ！」

「来ればわかる。黙ってくるの」

「嫌です！　行き先を告げてもらわないと行きたくない——っていうかせめて拘束解いてくださいよ！」

「……我儘《わがまま》ね」

「どっちがですかッ！」

我儘なのは完全にアリナさんの方だ。僕より年上なのになんでこんなに子供みたいなんだよ。身体だけじゃなくて頭の方も成長してほしい。

僕は渋々、本当に渋々拘束を解いたアリナさんを軽く睨《にら》み、机の上に置かれていたローブを羽織って、レイピアを腰に差す。と、突然アリナさんが僕の襟元に顔を近づけた。そのまま匂いを嗅がれる。

「な、なんですか」

「うん。煙草《たばこ》とかは吸ってないね」

「僕が煙草嫌いなの知ってますよね？　自分から吸うことなんてないですよ」

ヘレンさんにも念押しされてるし、吸ったら何されるかわかんないからね。

「良い子ね」

「もし僕が煙草を吸ったらどうするんです？」

「煙草よりも中毒性が高くて甘い香りがする植物の蜜があるから、それを舐《な》めさせるつもり。そうなりたくなかったら、今後も吸わないこと」

「絶対吸いません」

煙草を吸ったら人生が終わるらしいです。

室長室を訪れた僕とアリナさんを見て、驚いたような呆然《ぼうぜん》としたような、どちらともつかない表情でヘレンさんは問うた。何だか、珍獣を見ているような視線とも言える。

「で、何があったの？」

が、アリナさんは小首を傾《かし》げ、いつもと変わらぬ声音で言った。

「普通に連れてきただけ」

「嘘《うそ》を言わないでくださいこういうの強制連行っていうんですよわかりますか⁉」

蔓に身体を拘束され、宙づりの状態で額に青筋を浮かべて猛抗議。

僕が執務室を出た瞬間、再び蔓を巻き付けてきたんだ。しかも最初よりも厳重に。これ、もはや拷問だよ。

「レイズ。静かに」

「この状況のままいろと？　前から思っていましたけど、アリナさんが僕に占有魔法を使うなら、僕もアリナさんに占有魔法を使ってもいいですよね？　八星矢《はちせいや》の威力を一度味わってくださいよ」

「王宮内で占有魔法のぶつけ合いはやめなさい。あとレイズ君が八星矢使ったら王宮どころか王都の半分以上が炭になるわ。絶対に駄目よ」

こめかみを押さえながらヘレンさんは片手を上げ、アリナさんに僕を下ろすよう指示。

すぐに拘束が解かれて、僕は盛大に尻もちをついた。

「下ろし方も雑すぎる！」

「苦労かけるわね。レイズ君」

「本当ですよ、全く……それで、僕がここに連れてこられた理由は何ですか？　もうそろそろ教えてもらえますよね？」

「黙って連れて来ちゃ駄目じゃない、アリナちゃん」

「ここで言うから問題ないでしょ」

座り込んでいる僕の背後で膝を折り、僕の頭頂部に両手を置いてアリナさんが口を開いた。

「これから七日間、私と二人きりで出張」

「…………はい？」

出張？　僕とアリナさんの二人で？　え、もしかして何処かの街を滅ぼして来いとか、そんな類の出張ですか？　それは出張というよりも出陣と言った方がいいと思う。

「省略しすぎよ、アリナちゃん」

ヘレンさんが補足してくれる。

「王国東部が広大な農業地帯であることは知っているわね？」

「はい。流石《さすが》に知っています。あ、もしかして――」

今朝の八百屋での会話が脳裏を過《よぎ》った。

「耳には入っているようね。農業地帯で一ヵ月前から、作物の育ちが悪くなっているの。つい数日前には、総面積の一割程度の作物が枯れてしまったそうよ」

「い、一割ですか？」

大問題だ。東部の農業地帯は王国の食料生産を担《にな》う重要な場所。もしそこが潰れてしまえば……王国の民は飢餓に苦しむことになる。

「それで、アリナさんと僕が？」

「ええ。明日には向かってもらうつもりよ。土壌や作物に詳しい専門家は、既に東都エフエルに到着しているそうだから」

「専門家がいるなら、私たちが行く意味ない」

アリナさんは僕を抱え込むように腕を回し、不機嫌そうに呟《つぶや》く。まぁ確かにね。専門家の人は僕らより何倍も役に立つだろうし。寧《むし》ろ、僕らが行って役に立つことなんてあるのか？

「そう言わないで、アリナちゃん。この問題は、作物が生えている大地に問題があるのかもしれない。貴女の大地干渉なら、色々と調べることもできるでしょう？」

「仕方ない。レイズがいるだけマシと思うよ」

アリナさんは半ば諦め気味に僕の肩に顎を置いて溜息《ためいき》を吐《つ》く。仕事をしていれば、こういう嫌な出張もあるよね。割り切るしかない。

「アリナさんはともかく、僕が行く理由は？　土地に関しては何もわかりませんし、役に立てることなんてないと思いますけど」

「わかってるわ。貴方《あなた》に向かってもらう理由は――万が一のことを考えてよ」

「万が一？」

首を傾げると、ヘレンさんは頷《うなず》く。

「先日も、最上級危険種であるオルトロスが操られて、王国に侵攻してきたわ。今回の事態も、関係があるのかもしれない」

「それは、つまり――」

「その可能性を否定するわけにはいかない。いえ、寧ろ最も警戒しておくべきことだと思うの。最悪の事態を除外して、痛い目を見るわけにはいかないもの」

「わかりました」

的を射た考えだね。まだまだ解決していないことがたくさんあるのだから、あらゆる可能性を否定してはいけない。どんな事態でも対応できるようにしなければ。

明日には行くとなると、一度下宿先に戻って荷物を纏めてこないと。着替えとか。

「滞在中はどこに泊まるんですか？　エフェルにある民宿かホテルにでも？」

東都エフェルにはかなりいいホテルがあると聞いている。そこに泊まれるかはわからないけれど、ちょっと楽しみだ。

が、ヘレンさんは首を横に振る。

「違うわ。もっと凄《すご》いところよ」

「凄いところ？」

何処だ？　他に泊まるところなんてないと思うんだけど。いや、もしかして一般的な値段の部屋ではなく、貴族が好んで使う最高級のホテルとか？　そんな身分違いな場所にはできるだけ泊まりたくないんだけど。

諸々《もろもろ》の可能性を考えていると、ヘレンさんが、驚くなかれ、と言いたげな表情で告げる。

「土地の調査中は、王国東部全域を治めている大貴族――フロレイド＝オーギュスト公爵が、屋敷《やしき》の客室を使わせてくださるそうよ」

「公爵家にお邪魔するってことですかッ⁉」

「どうでもいい。早く終わらせる」

驚く僕とは反対に、アリナさんは心底興味なさげだ。

公爵様のお屋敷なんて、一般平民である僕らは本来入ることができないのに。

ヘレンさんは不機嫌そうに僕を抱えているアリナさんに念押し、というか頼み込むように注意した。

「アリナちゃん。わかっているとは思うけど、くれぐれも態度に気を付けるのよ？　普段私たちに接するような態度は、絶対に駄目だからね？　オーギュスト公爵はそういう作法には寛大で、心の広い人だとは聞いているけど、失礼はないようにね？」

「猫被《かぶ》るから大丈夫」

「不安しかないのだけど……レイズ君、頼むわね」

「了解しました。首が飛ばされないように気をつけます」

「貴方は相変わらずビビり過ぎよ。はぁ、本当に大丈夫かしら」

心配そうに右頰に手を当てるヘレンさんは、ジト目で僕たちを見つめる。そんなに心配しなくても、大失態は犯しませんよ。アリナさんが本当に猫を被れるのかは、ちょっと心配だけど。

「あと、レイズ君」

「？　はい」

「くれぐれも、誓約《ギアス》のことは内密にするのよ？　公爵に知られることになれば、貴方は再び誓約を科されることになるかもしれないから」

「わかりました。アリナさんのものを投影して、首に浮かび上がらせておきます」

「よろしい。今日はもう帰って、明日の準備をしておきなさい。どうせ、仕事は終わらせてあるんでしょ？」

「勿論《もちろん》です。じゃあ、アリナさん。そろそろ離してください。貴女《あなた》も準備があるでしょ？」

「……わかった」

離れ際《ぎわ》に僕の耳に息を吹きかけていったアリナさんは、自分の執務室へと戻っていく。

本当に悪戯《いたずら》が好きな人だな、彼女は。

「吉報を待っているわね」

「はい。できる限りのことはしてきます」

室長室を後にし、僕も一度自分の執務室に向かう。

僕も家に戻って準備をしないといけないんだけど……オーギュスト公爵か。

何だか聞いたことのある名前だけど……何処《どこ》で聞いたんだっけ？

第一話　突然の出張

突然の出張が決まった、翌日の朝。

時折微細に振動する魔法列車に揺られながら、僕とアリナさんは前日に予約を入れた席に向かい合って座っていた。荷物は椅子の空きスペースにそれぞれ置き、僕は窓の近くにレイピアを立てかけている。

ちらりと視線を対面のアリナさんに向けると、彼女は頰杖《ほおづえ》をついたまま、窓から流れる景色を見つめていた。普段は傍若無人に振る舞っているけど、容姿だけで見れば凄く美人なのだ。街中を歩けばすれ違った人が思わず振り向いてしまう程に。黙っていれば美人という典型的な例だと思う。これで優しかったら、惚《ほ》れていたかもね。その可能性はもう限りなく零《ゼロ》に近いけど。

僕を玩具《おもちゃ》扱いするので、最終評価は優しいけど酷《ひど》い人。

もう少し僕に対しての扱いを改善してほしいと常々思うよ。

外を見ているアリナさんから視線を外した僕は、手にしていた本を一度閉じる。次いで、窓の外に顔を出して——。

「き、気持ち悪い……」

乗り物酔いを醒《さ》ますために、深呼吸を何度も荒く繰り返す。

外の景色を楽しむ余裕は、今の僕にはない。視界がぐるぐると回り、胃袋の中のものを全てぶちまけてしまいたい衝動を、何とか抑え込んでいるから。

とても辛《つら》い。

荒い呼吸を繰り返して遠くをジッと見つめていることで、ようやく言葉を発することができる程度には回復してきた。

「乗り物なんて……人間は発明しちゃ、駄目だったんだ。自らの脚で大地を踏みしめ、移動するという苦労を幼い頃から体感しないと。そう、これは僕が悪いんじゃない。人間は物体に乗って移動するという挑戦をしてはいけなかったんだ」

「列車の中で下向いて本を読んでいたら、酔うに決まってるでしょ。馬鹿」

窓の外の景色から僕に視線を移したアリナさんは、呆《あき》れたように僕を見る。次いで、身体《からだ》を乗り出して僕が膝上に載せていた本を取り上げた。

「あ。まだ続きが――」

「駄目。ここで吐瀉物《としゃぶつ》をぶちまけないで」

「いや、アリナさんじゃないんですから」

「ん？」

「あ、すみません何でもないです」

一瞬アリナさんの眼光が鋭くなったので、瞬時に掌《てのひら》を返して謝る。実は怒らせると怖い人なんだ、彼女。

それに、確かに今回は僕が悪いし、アリナさんの言うとおりにしよう。これ以上読むと本気で吐くかもしれない。いくら面白いからといって、読書に適さない場所で無理矢理読み進めて周りに迷惑をかけるのは駄目だ。反省しよう。

窓の外から顔を戻し、背凭《せもた》れに体重を預けた。

「顔、真っ青」

「気分が悪いんです。乗り物酔いって久しぶりにしましたけど……辛いですね」

「そうなるまで読むなんて……そんなに面白いの？」

アリナさんは僕から没収した本の表紙を見て、そこに書かれてあるタイトルを読み上げた。

「えっと、魔法使いと亡国の姫？　なにこれ。恋愛小説？」

「王都の本屋で偶々《たまたま》見つけまして。タイトルに惹《ひ》かれて衝動買いしたんですよ。孤独な魔法使いと一人ぼっちのお姫様が登場する恋愛小説です」

「他人の恋愛に関心を持ってときめくなんて……乙女」

嘲笑を含んだ笑みで僕を見たアリナさんは、本を自身の荷物の上に置いた。今の表情、純粋に物語を楽しんでいる身としては非常にイラッとした。

いつもは引いているけど、ここは反論させてもらおうか。

「馬鹿にしてますけど、凄く面白いですからね。内容も知らない状態で笑うのは、ちょっとどうかと思いますよ」

「私を幾つだと？　たかだか巷《ちまた》で話題の恋愛小説なんかでときめくわけがない」

「言いましたね？　じゃあ読んでみてくださいよ！　絶対面白くて夢中になりますからね！　猛烈に恋したくなりますからね！」

「はいはい。屋敷に着いたら読んであげるから、それまで大人しくしていようね。ムキにならないの」

「子供扱いしないでくださいッ！」

そんなやり取りをしていると、外の景色が変わってきた。先ほどまでの建物が溢《あふ》れかえった王都の街並みではなく、数多《あまた》の自然が広がる草原地帯へと。丈の低い草花、はたまた建物ほどもある大きな木々。風に揺れるそれらをジッと眺めていると、こみ上げていた吐き気が消えていった。

「凄く綺麗《きれい》ですね」

「ん？　……あぁ、うん」

アリナさんが一度こちらに顔を向け、僕が窓の外の景色を見ていることを確認し、再び景色へと視線を戻した。

「全く、紛らわしい」

「え？　何がですか？」

不意にアリナさんの零《こぼ》した言葉に聞き返すと、彼女は首を横に振って足を組み直した。ちょっと不機嫌そう？

「別に。ただ、女の子と二人きりでいる時にそういうことは言わない方がいいよ。レイズは可愛《かわい》い顔してるし、狼《おおかみ》どころかオルトロスみたいに獰猛《どうもう》な女の子の餌になるから。レイズにそういう気があるなら、別に止めはしないけど」

「なんですか急に」

「だから」

訳のわからないことを言い出したアリナさんは僕の隣に移動。そして、僕の腰と頬に手を当て、耳元に顔を近づけて囁《ささや》いた。

「こんな風にされちゃうってこと」

「あんまり思わせぶりな言動をしてると、いずれ襲われるからね」

「――ッ」

離れ際に耳に息を吹きかけたアリナさんは、元の席に戻る。

び、びっくりした。いや、いつもこんな感じのことはされているけど、今のは妙に色っぽかったというか、ドキドキしてしまった。突然年上らしさというか、貫録を見せつけられるのは困るよ。何が言いたかったのか、いまいち理解できなかったけど。

アリナさんはそれ以上何も言わず、車内販売に回ってきたお姉さんを呼び止めてワインやサラミ、サラダなどを注文。折りたたみ式の机を展開し、そこに並べていく。

「レイズも付き合って」

「い、いいですけど……いいんですか？　まだ朝ですし、お酒の入った状態で公爵と面会するのは失礼だと思うんですけど」

「エフェルに到着するのは数時間後。時間はたっぷりあるし、舐《な》める程度だから問題ない。あ、レイズは子供だからやめておく？」

「だから子供扱いはやめてください。少量ならいいですけど、僕、全然強くないですよ？　お酒の美味《おい》しさもわかりませんし」

王国では十八歳からが成人扱いされる。が、飲酒に関しては十五歳から認められている。

何故《なぜ》かというと……わからない。けど、法律を作った太古の貴族たちの考えだろうね。貴族は何かとワインを呷《あお》っているイメージが強いし……実際そうではないんだろうけど。

年若い内から酒の味はわかっておいた方がいいとか、そういう理由ではなかろうか。

アリナさんはグラスに白ワインを注ぎ、僕に手渡す。

「ど、どうも」

「レイズがどれだけ飲めるのかわからないけど、とりあえず一杯。度数はそんなに高くないはずだから」

「度数が低くても、ちょっと心配ですね。到着するまでに身体から抜けるかどうか」

「まずは飲んで。いいから。ほら早く」

「わ、わかりましたよ」

急《せ》かされながら、僕はグラスの端に口をつけて半透明な液体を口に含む。

「あ、飲みやすいですね」

普段は好んでワインを飲むことはないけど、この白ワインはあっさりとしていてとても飲みやすかった。苦さも控えめで、口当たりも滑らか。これは一気飲みできるくらいの美味しさだ。まさか列車内でこんなワインが飲めるなんて、思いもしなかったよ。そもそも列車内でワインを飲むとも思っていなかったけど。

「うん、中々」

「これ、結構好きです。普段飲み用に買っておきたいくらい」

「美味しいからって、沢山飲んじゃダメだからね。お酒弱いんなら、自分の許容量をしっかりと把握して飲むこと」

「建国祭の日にしこたま飲んで二日酔いになっていたのは、どこの誰ですか？　しかも備蓄用の漢方薬まで使って」

「祭りというのは羽目を外すもの。それに、今年は千年の節目を迎えるめでたい年だったから尚《なお》仕方ない。だから問題ない」

「問題大ありですよ。羽目を外すにしても限度があるでしょう？　それに、あの時はヘレンさんも一緒になって飲んでいたので余計に駄目ですよ。どちらかが飲み過ぎを止めるべきです」

「ヘレンと話が盛り上がった結果」

「どんな話を？」

「レイズはお風呂《ふろ》の時に必ず右腕から洗うこととか」

「なんでそんなこと知ってるの、ねぇ」

ツッコミどころ満載の会話を繰り広げながら、ワインを飲み、つまみを食べる。偶《たま》には朝から飲むのもいいかもね。気分がいいし、普段よりも人と話すのが楽しく感じる。けど、やっぱり僕はお酒が弱いみたいだ。体質なのか、ワインをグラス二杯目の半ばまで飲んだ辺りで、かなり眠くなってきた。列車の振動がやけに心地よくて、眠気を誘発する。あぁ、このまま寝たらとても気持ちいいだろうなぁ。

瞼《まぶた》が下りてきた僕を見て、アリナさんは少し笑った。

「本当にお酒弱いんだ。顔赤いし、凄《すご》く眠そう」

「そんなに赤いですか？」

「少しだけどね。でも、傍《はた》から見て酔ってるなっていうのは一目でわかるくらい」

「うーん、確かに顔が熱いなぁとは思っていましたが」

酔いが回ってきたのだろうね。グラス二杯程度でこうなるとは……僕は今後、飲み会に参加してもお酒を飲まない方がよさそうだ。

「これ、度数はあんまり高くなかった、ですよね？」

「うん」

「自分が思っていたよりも、断然酔いやすかったみたいです」

「みたいね。少し眠ったら？」

「え？　いや、でも」

「いいよ。荷物は私が見ておくし、そもそもここは料金の高い指定車両だから、荷物を盗むようなことをする輩《やから》はいないから。いたとしても、捻《ひね》り潰すし」

「は、はは。穏便に済ませてくださいよ」

文字通り、相手の身体《からだ》を捩《ね》じり潰す気だろうね。アリナさんならやりかねない。幾ら相手が悪い場合でも、手加減というものをしてほしい。後々面倒になるのは目に見えているんだし。

欠伸《あくび》を一つ噛《か》み殺し、閉じかけた目を軽く擦《こす》る。

うん。猛烈に眠い。思えば朝も早かったし、数日前には腹を貫かれて相当量の血を失ったんだ。万全な状態で任務に臨むため、ここで一時的な休息を取るのは賢明な判断かもしれないな。そうしよう。

「じゃあ、すみません。少し眠らせてもらいますね」

「うん。目がとろんってしてるし、眠った方がいい。あと、もう一つ」

「はい？」

沈みかけた意識を再び浮上させると、アリナさんは人差し指を立てて忠告。

「女の子と飲みに行く時は、絶対に一人では行っては駄目。誰か親しい人と一緒に行くこと。レイズが一人で行こうものなら確実に餌にされるから」

「何を言ってるんですか……あなた、は──」

最後まで言うことなく、僕は瞼を下ろして意識を夢の中へと飛ばす。

もう無理だ。眠すぎる。お酒を飲んだ後はどうしてこんなにも気持ちよく眠ることができるんだろう。今までは苦手意識が強かったけど、これからは少しずつ飲んでみようかな。でもとりあえず、今はこの睡魔に身を委ねよう。

「うん、やっぱり子供」

完全に意識が落ちる直前に聞こえてきたアリナさんの言葉には、起きてから猛烈に抗議することにする。誰が子供だ。もう十六だぞ、僕は。

そんなことを考えながら、僕は列車の壁に凭《もた》れ掛かり、夢の世界へと旅立っていった。

僕が目を覚ましたのはおよそ数時間後。

既に太陽は真上を通り過ぎ、今朝とは比べ物にならない程に暖かい気温になっている。

列車からホームへと降りたった僕は地面に荷物を置き、申し訳なさでいっぱいになりながらアリナさんを見やった。

「あー、すみません。見事に爆睡していました」

「知ってる。目の前でずっと見てたから」

「……目の前というか、僕は貴女《あなた》に膝枕をされていたんですけど」

目を覚ましたら、何故か僕はアリナさんの膝上に後頭部を載せ、彼女は僕をジッと見下ろしている姿勢だった。一体何時からそうしていたのかはわからないけど、とにかく僕は驚きで飛び上がってしまった。恥ずかしいし、なんでそんなことになったのかも不明だ。

ただ、眠気は一瞬で吹き飛んだけど。

「途中でレイズが倒れそうになったから」

「あ、ありがとうございます」

「寝言で私の名前を呼んでいたけど、どんな夢見てたの？」

「え？ 本当ですか？」

「うん。嘘《うそ》」

なんだ嘘か……。夢は見ていないし、そもそも意識がないからそんな言葉を発した記憶もない。もし見ていたとしても、多分植物に締め上げられている夢だろうなぁ。絶対に見たくないや。

「それで、この後はどうするんですか？ 直接公爵様の屋敷《やしき》まで行けば？」

「ヘレンから、公爵家の迎えが来てくれるって聞いてる。駅で待ってたら、来てくれると思うんだけど」

僕らは今、宮廷魔法士の紋章が右肩に描かれたローブを羽織っている。

なので、迎えの人は僕らに気が付いてくれるとは思う。けど、駅のどこで待っていればいいのかがわからないんだよね。どの出口に出ればいいのか……。

「一先《ひとま》ず歩きましょうか」

「うん。駅の中に大きな時計があるから、そこに行こう」

荷物を持ってホームを出て、駅の中心に置かれた大きな銀の時計に到着。ここは人々の待ち合わせ場所として利用されているらしく、時計の周囲には多くの人が見受けられた。

……恋人同士イチャイチャしている人がかなりの数いるので、かなり気まずい。中には人の目も気にせず口付けしている若者もいて、ちょっと直視するのは恥ずかしい。幸せなのは結構だけど、見せつけるのはやめてほしい。

アリナさんはそんなもの全く気にした様子もなく、周囲を見回している。

「この辺りで待っていれば、来てくれるのか……」

「ここでは王都まで通信石は届きませんし……具体的な待ち合わせ場所を聞いておけばよかったですね」

と、その時。

「失礼、宮廷魔法士のアリナ様と、レイズ様でしょうか？」

僕らの前に一人の執事服を纏《まと》った中年の男性と、艶《つや》やかな黒髪と紅玉の瞳を輝かせた少女が現れた。少女の方は黒を基調としたドレスコードに身を包み、纏う雰囲気からして高貴な身分であることが窺《うかが》える。

どうやら、ここに来たのは正解だったらしいね。

「はい。そうです」

「遠方から遥々《はるばる》ご足労いただきありがとうございます。私、オーギュスト公爵家執事長のロイドと申します。お迎えに上がりました」

「あぁ、よかった。何処《どこ》に行けばいいのか、迷っていたところだったんですよ」

この時計前に来てよかった。迷子になることは避けることができたようで、なによりだよ。

「ごめんなさいね。こちらも慌てていて、待ち合わせ場所を伝えるのを忘れていたの」

執事——ロイドさんの隣にいた少女が一歩前に出て僕らに視線を合わせる。

僕はそこで抱いていた疑問が氷解した。

オーギュスト公爵と聞いた時から引っ掛かっていたこと。何処かで聞いたことがあると思ったけど、そういうことか。

「えっと、お久しぶりです」
「初めて会ってから、そこまでの時間は経《た》っていないと思うけどね。元気そうでなにより
だわ。レイズ」
気さくに挨拶を交わす僕らを見て、アリナさんが「知り合い？」と尋ねるように視線を
こちらに向けて来る。知り合うきっかけは、アリナさんが僕をおつかいに行かせたことな
んだけど。
僕が説明しようと口を開きかけ、言葉を発する前に少女が一礼した。
「初めまして。私はフロレイド＝オーギュスト公爵が娘――レナ＝オーギュストでござい
ます。此度《こたび》は農業地帯の異変調査にご協力いただけるとのこと、感謝いたします。非力な
がら、我々も全力でサポートさせていただきます」
振る舞いは正しく、貴族の令嬢そのもの。風格もあり、以前の半泣き姿からは想像もで
きない程だ。あれはあれで可愛《かわい》らしかったのだけど。
「レイズ？　妙なことを考えているのではなくて？」
「いいえ。喫茶店で半泣きになっていた姿を思い浮かべてなんていませぇん」
言葉を言い切る前にレナ様は笑顔のまま額に青筋を浮かべ、僕の両頬を抓《つね》って左右に引
っ張った。恥ずかしさを隠しているらしく、頬は若干赤い。

「何かしら。よく聞こえなかったのだけど？」

「は、はなひへふらはい（離してください）」

「私は貴方《あなた》の前で泣いたことなんてない。そうよね？　ね？」

「はひ」

数回頷《うなず》いたところでようやく僕の両頰は解放された。抓る力が容赦なかった。今度からは言動に気を付けた方がいいかもしれない。その内引き千切られてしまう。

「さ、時間もないのだし、行きましょうか。外に車を用意してあります。ロイド」

「はい。お荷物を」

僕らの荷物を両手に持ったロイドさんが先導し、駅の外へと向かって行く。

その後を追うように、僕はアリナさんと並んで歩き出した。

頰はしばらく痛かったです。

第二話　移動

　駅の外に用意されていた車へと乗り込み、ロイドさんの運転で東都エフェルの街中を走る。王都よりも道幅が広く、屋台なども並んでいない。言い方は悪いかもしれないけど、何処か物静かで寂しい雰囲気が漂っている。人通りもかなり少ないし。

「しかし、車に乗れるとは思ってなかったなぁ」

　肘掛けに手を触れながら、感慨深く呟《つぶや》く。

　車は王都では乗ることができない代物なので、当然乗るのはこれが初めて。

　どうして乗れないのかというと、この技術はまだ一般的には浸透しておらず、また、それなりの速度とコントロールが要求されるため、王都のように通りに多くの出店が立ち並び、人も密集している場所では走行することができない。無理矢理走れば、それこそ人を次々と撥《は》ね飛ばしてしまうよ。しっかりした法律がこのエフェルにしかないのも、要因の一つ。

　後部座席に座った僕は、運転席で車を操るロイドさんに声をかける。

「流石《さすが》に運転、お上手ですね」

「ええ、まぁ。普段から旦那様やお嬢様を各地へお送りしておりますので。執事としての必修技能でもあります」

話している最中も、ロイドさんは視線を前方に固定したまま安全運転。

凄《すご》いな。公爵家に仕える執事の人たちは皆、運転が上手なんだろう。自分の身体《からだ》以外の物を操作するのは、どうにも上達する気がしないな。街中を素早く移動するなら、身体強化を用いて走るくらいしかできそうにない。運転できたら、格好いいだろうけど、諦めるしかないね。

と、僕はちらりと前後の座席に座る二人へと視線を向けた。

「まぁ、そのようなことがあったのですか？　公爵令嬢というお立場も、心労が尽きないのですね」

「ええ。貴族という立場は色々厄介な柵が多いから。皆さんの思い描いているような優雅で自由、自分の思うままの生活ができるというわけでもないの」

横から聞こえて来る会話に耳を傾け、頭を左右に振った。

おかしいな。座っているのはレナ様とアリナさんの女性二人のはず。その二人の他に、朗らかな淑女は乗っていないはずだよ、ね。そもそもこの車は四人乗りなので、他に人が乗るスペースはないし。

うん。きっと聞き間違いだ。さっきまで寝ていたのだし、まだ頭が覚醒しきっていないんだろうね。いけないなぁ、これから公爵様に会うというのに。しっかりしないと。

眠気覚ましの意味も兼ねて、再度ロイドさんに話しかける。

「それにしても、昼間なのに人が少ないですね。駅の中にはそれなりに人がいたのに。街中は普段からこんな感じなんですか？」

「そうですね。昼間は農作業に従事している方々が畑で仕事をされているので、必然的に街に残る人の数は少なくなります」

「なるほど」

作物を育てるとなると、昼間はどうしても畑に行かなければならないのか。遊ぶのは一日の仕事を終えた夜から、と。

「加えて、最近は農作物に異常が見られますので、作業者も気が気でないのでしょう。畑近くにテントを張り、そこで夜を明かす人もいる程です」

「テントで、ですか」

ロイドさんの話を聞いて、少し理解したよ。農業地帯で起こっている問題は、王国全体の食料事情に直結するだけではない。ここで働く生産者たちの生活により多くのダメージを与えることになる。作物が育たなくなるということは、食と職を失うということだから。

悠長になんてしていられない。一刻も早く、この問題を解決しないと。

と、危機感を感じている時、再び横から、仲良さげな声が。

「疲れが溜《た》まっている際は、リラックス効果があるハーブティーを飲むと、心が落ち着きますよ？　レナ様はお美しいですし、外見的なケアはされていると思いますけど、精神的なケアもされるべきです。心と身体は表裏一体。心的な疲労は、いずれ身体にも現れますから」

「確かに、最近は寝付きが悪かったりしているわ。今日から、就寝前にハーブティーを頂こうかしら」

「――いやちょっと待って」

あぁもう無理。スルーするとか絶対に無理！　僕が寝惚《ねぼ》けているとか幻聴とかそういうものじゃないよ！　ちゃんと聞こえていて、しっかりとした現実だ！

僕は隣に座っているアリナさんに身体を寄せ、前の席に座る二人に聞こえないよう小さな声でまくし立てた。

「(ど、どうしちゃったんですかアリナさんッ！)」

「(何が？)」

「(いや、何が？　じゃなくてッ！　なんでそんなに清楚《せいそ》なお嬢様みたいな雰囲気を醸《かも》し出して話しているんですかッ⁉　いつもの無気力無感情暴力的な雰囲気と言動はどうしたんですかッ！！！）」

「（……後でお仕置き）」

そう言って、僕の腕を強く抓ったアリナさんは僕を睨《にら》む。め、滅茶苦茶《めちゃくちゃ》痛い……ッ！

「（昨日言ったでしょ。しっかり猫被《かぶ》るから大丈夫だって）」

「（猫被るって言っても、変わりすぎでしょッ！）」

「（当たり前でしょ。相手は公爵令嬢。下手な態度を取ることは許されない。そのために不本意ながら演技をしてるんでしょ）」

「（そんな演技力があったなんて知らなかったです……）」

レナ様と話すアリナさんは普段とはまるで違う。正直、見慣れなさ過ぎて違和感しか覚えない。もはや別人だ。容姿が同じだけの他人みたいだ。

「（いい？　レイズは私が普段からこんな感じのように振る舞うこと。ボロを出すことは許さない。約束ね）」

「（で、できるでしょうか）」

「（もしできないのなら）」

「（できないのなら？）」

身体を密着させ、アリナさんは妖艶《ようえん》な笑みと共に、背筋が凍るような声で囁《ささや》いた。

「(私の植物の苗床になってもらう)」

「(……ひゃい)」

冷や汗が頬を伝う。

やばい。怒ると怖いというのは散々聞かされてきたけど、こういう時のアリナさんは別の意味で怖い。口元は笑っているのに目が据わっているというか、内心を見透かされているような気になるというか……。不思議と、僕の中で恐怖心が湧き上がって来る。

と、とにかく。ここは従うが吉だ。頷きを返して、話を合わせる。

「す、すみません。なんでもないです」

「?」

「申し訳ございません、レナ様。こちらの事情ですので、お気になさらないでください」

朗らかな笑み。違和感がとんでもないのだけど、何も言うまい。本当に死ぬかもしれないからね。植物の苗床になることだけは勘弁願う。

レナ様が何か追及したそうな顔をしていたが、アリナさんの怖い笑みを見てか、別の話題へと切り替えた。

「と、ところで、二人は先日の事件で大変な目に遭ったみたいね。いえ、苦労したのは主にレイズだとは思うけど」

「えっと、先日の事件と申しますと」

「王女殿下を誘拐しようと画策して、あえなく失敗した愚か者の件よ」

心臓が一度、大きく跳ねた。

次いで、すぐにアリナさんの耳元へと視線を向ける。イヤーカフは……してない。何でこういう時に限って……。

この状態でその話題は、まずい。僕らが誘拐を防いだことに関しては、別に露見しても問題はない。けど、この話の中で王女殿下の名を言われるのは駄目だ。僕は何故《なぜ》か誓約《ギアス》の魔法が解かれているので大丈夫だけど、アリナさんの魔力が……。これから土地の調査に赴き、魔獣に遭遇する可能性がある中で、それだけは避けなければならない。アリナさんが魔法を使えなくなった時点で、土地の調査も魔獣を倒すこともできなくなる。

レナ様が話される前に、忠告をしておかないと——レナ様がクスクスと笑われた。

「大丈夫よ、レイズ。あの子の名前は出さないから」

「え？」

「詳細は言わないでおくけど、王族の名を覚えてはいけないんでしょ？」

「どうして、それを」

「私は仮にも公爵の娘よ？　貴方《あなた》たち殲滅《せんめつ》兵室に関する情報は、頭に入っているわ。なにせ、王国が持つ最高戦力なんですもの。東の領土を治める家の者として、知っておかなくてはならないわ」

「お気遣い、感謝致します」

アリナさんは動じることなく、頭を下げる。

どうやら、いらぬ心配だったみたいだ。ホッと一安心。

「失礼しました。そして、ありがとうございます」

「んー、貴方にそういう話し方されるとむず痒《がゆ》いわね。前みたいに気さくに話してもらって構わないわよ？」

「いや、それは……」

身分が違いすぎる。

彼女は公爵令嬢という大貴族。僕は宮廷魔法士とはいえ平民だ。土地を治める貴族には相応の礼儀を以《もっ》て接しなければならない。

以前は彼女が何者か知らなかったし、貴族に対して相応《ふさわ》しくない話し方をしていたと思うけど。公爵家の御令嬢と聞いた時は、震えあがったよ。本気で自分の死を覚悟するくらいにはね。

「堅いわね。じゃあ、命令よ。以前のように、緊張せずに気楽に接しなさい」

「は、はぁ」

そんな命令は聞いたことがないんだけど……。でも、命令なら仕方ない、のか？　それに、前から敬語だったし、変わることと言ったら堅苦しくしないこと、それから変に言葉遣いを意識しないこと、くらいかな。レナ様がいいなら、それで行こうか。

「レイズはとても真面目ね。数年もすれば、誠実で素晴らしい青年に成長すると思うわ。あの子のタイプドストライクね」

「あの子？」

「こっちの話よ。話を戻しましょうか」

と、レナ様は僕らの方へと振り返った。

「私の大切な友人を救ってくれて、本当にありがとう。事件の詳細を聞いた時、本当に心臓が止まりそうだったわ。王族という立場故に、命を狙われる身分であるのはわかっていたけど、いざそうなると、ね。しかも、王女殿下は連れ去られてしまう寸前だったとも聞いている。本当に、貴方たちには頭が上がらないわ」

「レナ様」

優しい声でアリナさんがそう言い、続ける。

「私たちは宮廷魔法士です。王女殿下の危機とあれば、お助けするのは当然のこと。たとえ、自らの命を失うことになっても」

「それでも、それでも私は感謝してもしきれないわ。命を賭《と》してまで戦ってくださった方に敬意を払えぬようでは、貴族以前に人として欠落している。私は貴族ではあるけど、身分の前に人間。だから、人間らしく感謝はできないと」

アリナさんと一度顔を見合わせ、笑う。

この短い時間でわかったことは、レナ様は王都に蔓延《はびこ》る傲慢な貴族とは違うようだ。人を決して見下さず、対等な存在として扱う姿勢を示している。

権力に溺れず、横暴な振る舞いもしない良識人。

今まで偉そうにふんぞり返っているだけのイメージしかなかった貴族だけど、どうやら立派な方もいるようだ。ケーキ取られて半泣きになるような子供っぽいところもあるけど。

「レイズ？」

「なんでもありません」

「まだ何も言ってないわよ？」

「何も考えていませんのでご安心を」

「そ。ならいいわ」

目をギラつかせて危険な笑みを浮かべたレナ様から視線を外し、窓の外を見る。

と、そのタイミングで車が緩やかに速度を落とし、街に立ち並ぶ建物の中でも一際《ひときわ》目立つ大きな屋敷《やしき》の前で停車。ロイドさんが振り返る。

「到着いたしました。お二人は、オーギュスト公爵のお部屋へとご案内いたします」

ロイドさんは運転席から下り、後部の扉を開けてくれた。

車が屋敷の前で停車するのを聞きつけてか、屋敷の扉が開き、数人のメイドさんが姿を見せる。トランクを開け、僕らが持ってきた荷物を運び出し始めた。

どうやら、部屋まで運んでくれるようだね。疲れているし、ありがたい。

「……なんか緊張してきたな」

これから面会するのは、国を支える大黒柱の一人である大貴族様だ。僕のような平民が気軽に会えるような人ではない。

失礼のないようにしないとな。

と、僕の緊張を感じ取ったのか、レナ様が笑いながら僕の肩を叩《たた》いた。

「大丈夫よ。御父様は権力に溺れた馬鹿な貴族とは違うから。少なくとも、多少の無礼を働いたところで笑って済ませてもらえるわよ」

「寛大な方なのですね」

「寛大とは、少し違うけどね」

どういうことですか？　と聞こうとするが、レナ様はすぐに離れて屋敷へと入ってしまった。彼女の言葉は、実際に会って確かめろということか。

「では、こちらへ」

促され、僕とアリナさんは並んでロイドさんの後に続く。

偉い人に会うというのは、いつになっても慣れないものだ。

第三話　公爵

公爵邸の執務室にて。

「よく来てくれたな、魔法士たちよ。遠路遥々《はるばる》ご苦労であった」

室内に置かれた高級ソファ。そこに座った僕達の対面に腰を下ろした大柄で黒髪の男性──フロレイド＝オーギュスト公爵は、口元に笑みを浮かべながら労《ねぎら》いの言葉を連ねた。

「本来ならば盛大に歓迎の宴《うたげ》を催すところではあるが、事が事だけに、そういったこともできんのだ。エフェルの民が辛《つら》く苦しい状態にあるというのに、我々だけ贅沢《ぜいたく》をするなど、民を愚弄しているに等しい行為だろう。私はエフェルの長として、貴族の見本となる行動を取らねばならんのでな」

「公爵様。私共はあくまでも任務のためにエフェルに参りました。歓迎のお気持ちを頂けるだけで、こちらとしては感謝しかありません」

アリナさんがそう言うと、公爵様は笑った。

「そう言ってもらえると助かる。あぁ、堅苦しくなる必要はない。ここは公式の場でもなければ、口うるさい無能な貴族共もおらん。まぁ、私の客人に何か文句をつけるようおな輩《やから》ならば、即刻エフェルから追い出してやるところだが」

「旦那様。他の貴族様への暴言はお控えください」

「許せ。先日も過剰に税を徴収していた愚か者を炭鉱送りにしたばかりなのだ。愚痴の一つも零《こぼ》したくなる」

傍《そば》に控えていたメイドさんに注意された公爵様の表情には、呆《あき》れや苛立《いらだ》ちが浮かんでいた。貴族絡《がら》みの問題を解決し終えたばかりのようだね。東の土地を治めているだけに、問題は湧いて出て来るようだ。

「すまないな。貴族による問題行動が明るみに出たばかりで、少々苛立ちを募らせていた」

「いえ、我々がお話を聞くことで公爵様のお気持ちが楽になるのであれば、聞かせていただきます」

「ありがたく魅力的な話ではあるが、やめておこう。王国が誇る魔法士たちを、愚痴を聞かせるためだけに長時間拘束するわけにもいかん。それに、これ以上はうちのメイド長がうるさいのでな」

「旦那様、その辺りで」

「わかっている」

二人のやりとりを眺めながら、僕はメイドさんが淹《い》れた紅茶を口に含む。

美味《おい》しい。いい茶葉を使っているのもあるけど、温度管理や淹れ方を徹底しているのもあるだろう。素直に脱帽だ。

「とても美味しい紅茶ですね。これは……パラダイス、ですか？」

「左様でございます。よくご存じでしたね」

「ええ、まぁ。紅茶には少し関心がありますので」

紅茶通の中では有名な茶葉だから、すぐにわかる。甘酸《あまず》っぱいし、女性に好まれやすいと思っていたけど、これはこれでありだな。家に帰ったら作ってみよう。

「レイズ、趣味の話なら後にして」

「すみません」

そうだった。ここには趣味の話をするために来たんじゃなかった。もっと気を引き締めないと。

アリナさんも一度紅茶を口に含み、喉を潤してから公爵様に尋ねた。

「公爵様は、私共の所属する部署に関してはご存じで？」

「当然だ。王国殲滅《せんめつ》兵室……一騎当千の実力を持つ魔法士たちで構成されている、少人数の部署だな。全員が最高位である超位魔法の使い手であり、王国の最高戦力。先日の王女殿下を狙った事件の際、王都近郊に出現したオルトロスを一撃で屠《ほふ》ったとも聞いている。最上級危険種が手も足も出ないとは俄《にわ》かには信じられんが、それを実現できる力を持っているからこそ最高戦力に数え上げられるのであろう」

流石《さすが》は王国の重鎮。

僕たちに関する情報は大抵知られているようだ。一人一人がどんな魔法を使うのかは、流石に把握しきれていないようだけど。僕もヘレンさんの占有魔法の詳細は知らないし。

アリナさん曰《いわ》く、相手にすると一番たちが悪い、とのこと。

アリナさんが公爵様に念押しする。

「それぞれの持つ魔法に関しては、秘匿している者もおりますので、ご容赦を」

「魔法士として、自身の切り札を秘匿しておくのは当然のこと。それは十分に理解しているので、心配は無用だ。詮索などはしない」

「ありがとうございます」

「当然、気にはなるが。特にオルトロスを屠った、貴殿の魔法に関しては」

公爵様は僕に視線を向ける。

気になるのは仕方ないと思うけど、流石に詳細は話せないかな。

「申し訳ありません。あまり、容易に話せる事柄ではありませんので」

「ふふ、わかっている。言ってみただけだ。だが、貴族の中には貴殿を引き込もうとする不埒《ふらち》な輩も出てきている。十分に気を付けたまえ」

そ、そんな人がいるのか。

でも、僕らは王家に仕える身だ。引き抜きは絶対にできない。そこまで心配する必要はないと思うんだけど、少しは警戒しておくべきか。ちょっかいを出してくる貴族がいないとも限らないし。

「今回、貴殿らをエフェルに招き入れる際も、中堅貴族の連中からは色々と言われたよ。王国に鎖で繋《つな》がれているとはいえ、強大な兵器と会うのはどうなのだ、とな。言葉の裏に、抜け駆けは許さんと言っているのが丸わかりであったが」

「今回は周囲の反対を押し切って、私共をエフェルに？」

「反対と言っても、大した力のない小粒に過ぎん。私が意見を曲げなければ、最終的に折れるのは奴《やつ》らだ。貴殿らを引き込み、自らの発言力を高めようと画策している者共の意見に耳を傾ける価値などない」

「発言力、ですか？　我々を引き込んでも、特に向上するとは思えませんが……」

「レイズ、と言ったか。そう思っているのは、貴殿だけだぞ？」

「え？」

隣のアリナさんを見ると、彼女は目を伏せて頷《うなず》いていた。

「私たちは誓約《ギアス》によって王族の名を知ることはできないけれど、王国に牙を剝《む》くことはできます。その気になれば、たった一人で王都を塵《ちり》に変えることも可能。そんな戦力を引き込むことができれば、他家に対しての牽制《けんせい》にも抑止力にもなるのですよ、レイズ」

相変わらずの演技口調に違和感を覚えながらも、僕は納得する。

どうやら、僕は自分が属する部署を過小評価していたみたいだ。確かにそれだけの力がある僕らを保有すれば、十分な脅しに使える。

僕らは王家以外に仕えることは考えていないけど、殲滅兵室の誰か一人でも他家に仕えれば、貴族のパワーバランスは崩れるのかもしれない。

「まぁ、貴殿らが気にする必要はない。これまで通り、王家に仕えていればそれでいいのだからな。現状、貴殿ら殲滅兵室の存在があって、他の貴族が王家に従っているという面もあるのだ」

「しかし、公爵様も疑われたのではありませんか？　殲滅兵室と繫がりを持つために招いた、と」

「気にすることはない。疑われたとして、不利益を被るわけでもない。妙な憶測を押し付ける馬鹿共からの評価を気にするよりも、貴殿らと会う方が有益だ。私はな、完全な実力主義なのだよ。口先だけの弱い権力者よりも、常識を塗り替える程の力を持った実力者との交流を大事にしている。今回の農業地帯に起こっている現象についても、きっと解決に導いてくれると信じているのでな」

今までの談笑交じりの緩やかな空気が一変し、この場にいる全員が真剣な顔つきになる。

前振りはおしまいのようだ。

「既に聞いているとは思うが、私の治めている農業地帯――総面積の実に二割に及ぶ範囲で、作物が一切育たなくなってしまったのだ」

「そんなに……」

ヘレンさんには一割と聞いていたんだけど、数日の間に拡大したのか。

王国東部に広がる農業地帯は非常に広大であり、その二割となると……被害は甚大《じんだい》だろう。

「エフェルに住む領民のほとんどが農畜産業で生計を立てている。王国全体への食料供給などにも問題は出てくるが、それ以前に、領民に苦しい生活を強いてしまうことになる。当然、いざとなれば私が財を切り崩し、領民の生活を支援する。が、それもいつまで持つかわからん。今はまだ生活に困窮する者は出ていないが、このまま問題が解決しなければ、いずれその未来がやってくるだろう」

「そうなる前に、原因の解明と問題の解決をしなければならない、と」

「そういうことだ」

公爵様は大きく頷く。

わかってはいたけど、結構な難題だ。時間をかければかける程、エフェルに住む人々の生活に悪影響が出る。求められるのは、短期間での解決。具体的には、僕らが予定している七日間で。

「七日間では、短すぎますね」

「仕方あるまい。貴殿らは本来王都にいなければならない存在だ。交渉はしたが、これ以上の期間は認められなかった」

「ですが、これは王国全体の問題で――」

「レイズ」

僕の肩に手を置いたアリナさんは首を横に振った。

「上層部の判断に私たちが異を唱えたところで、結果は何も変わりません。私たちにできることは、問題解決に全力で努めることだけです」

「……そう、ですね。すみません」

確かにその通りだ。権力のない僕が何を言っても意味がない。兵器は然《しか》るべき場所で管理されていろと言い返されるだけ、か。

悔しさに拳を握る僕に、公爵様は声をかける。

「気持ちはありがたい。だが、彼女の言う通り、何を言っても無駄なことはあるのだ。七日間で解決の糸口が見つからなければ、別の方法を探す。貴殿らに非はないということは、理解してくれ」

「……はい」

歯痒《はがゆ》い。もっと努力するべきなのに、それが許されないことが、とても悔しかった。

さて、と公爵様は改めて続ける。

「先日王都でオルトロスのような規格外の魔獣が出現したこともあり、私は今回の農業地帯の現象にも何らかの魔獣が関係しているのではないかとも考えている。まだ仮定の段階ではあるがな」

「魔獣ですか」

「あぁ。広大な土地の作物を枯らしてしまう種など聞いたこともないが、最上級危険種の中にはそのような力を持つ種もいるのではないかと思っている。私の知る知識が全てではないのだからな」

魔獣の討伐なら、僕らの十八番《おはこ》だ。色々と面倒なことを考える手間はなく、姿を見つければ遠くから魔法を打ち込めばいいだけだし。僕とアリナさんの二人がいるのだから、大抵の奴らは敵ではない。それこそ、最上級危険種であろうとね。

自然と、口角が微妙に吊り上がる。

「やる気は十分のようだな」

「私共は戦うために、王家に仕えている身ですので」

「大抵の相手は脅威にもなりません。いざとなれば、オルトロスを屠った一撃を以《もっ》て、エフェルをお護《まも》りさせていただきます」

「頼もしい限りだ。明日の朝より、調査を開始してほしい。今日は旅の疲れもあるだろうから、ゆっくりと休んでくれ」

「ありがとうございます」

アリナさんに次いで、僕も頭を下げる。

調査は明日の朝から、か。

既に到着している土地の専門家との顔合わせもまだだし、今日中にするのかな。怖い人だったら嫌だな。土地のこと以外話しかけるな、なんて堅物だったらどうしよう。逆に軽薄で馴《な》れ馴《な》れしい人でも嫌だけど。

まぁ、どんな人であれ問題解決までの短期間の付き合いになるのだし、専門家の人格に関してはあまり気にしないようにしよう。

その後、公爵様の愚痴を少しばかり聞き、メイドさんに連れられて僕らは用意されていた客室へと向かった。

◇

「さて、困ったな」

夜。

食堂で夕食を取った僕は、客室に置かれた豪奢《ごうしゃ》なベッドに寝転がりながら呟《つぶや》いた。公爵様は色々と忙しいようで食事を取ることなく仕事に忙殺され、レナ様は何故《なぜ》か食堂に現れなかった。専門家の人も既に調査を開始しているらしく、部屋に籠って本を読み漁《あさ》っているとのこと。

ということで、食堂での夕食は僕とアリナさんの二人だけとなった。

結論から言うと、ほぼ言葉を交わすことはなかった。いや、別に仲が悪いわけじゃない。二人で食事に行った時には談笑もするし、会話が途切れることはない。

単純に、食堂が広すぎるんだ。

テーブルも大きくて、対面に座っているのに遠い。使っている食器類も全て高級品なので、どうにも落ち着かない。割ったり落としたら大変だなんて、ハラハラしながら食べ進めたから味もあまり覚えてない。多分、美味《おい》しかったんだと思うよ。

「庶民には似つかわしくない環境、だったか」

作法も気にせず気ままに食事をしている普段の方が、僕には向いているようだ。

ちなみに、客室の中も平民である僕が利用するに相応《ふさわ》しくないほど豪華だ。高級感溢《あふ》れる絵や壺《つぼ》。座り心地抜群のソファに、彫刻の細かく施された椅子。室内照明も一級品のシャンデリア。

こんな一生に一度宿泊することができるかどうかという、素晴らしい部屋に泊まれて……本当に落ち着かない。

「そもそも広い場所があんまり好きじゃないからな」

起き上がり、窓を開ける。

春先の涼しい風が入り込み、室内に籠った空気を入れ替えてくれる。

陽《ひ》が沈んだ空には星と月が顔を見せており、庭園に植えられた木が風に揺られて音を立てる。

食後なのに、全く眠くない。

列車の中でかなり眠ってしまったから、目が冴《さ》えてしまっているのかな。

暇なので話し相手が欲しいところだけど、残念ながらアリナさんは隣室で既に就寝。今起こしに行けば、確実に引きずり込まれる。眠る獣を態々《わざわざ》起こす必要はない。いつも僕を無理矢理起こす癖に、自分がやられると怒るんだから。困ったものだ。

ベッドで転がりながら、読みかけの小説に手を伸ばす。

やることもないし、まだ少ししか読めていない物語の続きを読むとしよう。今回はこれ一冊しか持って来ていないけど、明日以降――調査が始まってからはそんな暇もなくなるだろうからね。束《つか》の間《ま》の休息は謳歌《おうか》しておかなければ。

部屋に置かれていた紅茶をいれ、食後のお茶を楽しみながら本に視線を落とす。

至福のひと時とは正にこのこと。

アリナさんは寝ているし、執務室のように仕事も置かれていない。気兼ねなく紅茶と本を楽しめる理想的な環境。

「あぁ、最高だな」

思わず独り言を呟いてしまうくらい、いい時間だ。

座り心地抜群のソファに美味しい紅茶、適温の空間で読む小説は素晴らしい。

今、僕はこの仕事を引き受けて本当によかったと思っている。今は、今だけはほとんど休暇と同じだ。

快適な孤独を満喫しながら本を読み進め、しばらくした時。

「ん?」

静寂に満たされていた室内に、扉をノックする音が響き渡った。

「こんな時間に?」

今は時計の針も進んで夜も深い時間帯だ。こんな時間に部屋に来るなんて、普通に考えればアリナさんしかあり得ない。使用人が来る可能性は低いし、公爵様は眠っているか、まだ仕事をしているか。

「緊急の用事でもあるのかもな」

手にしていた本を机の上に置き、立ち上がる。

まぁ、明日のことで相談でもあるのだろうと思いながら扉を開け――予想外の人物の姿を目に留め、僕は瞬《まばた》きを数回繰り返した。

「れ、レナ様?」

「こんばんはレイズ。起きていて良かったわ」

扉の前でひらひらと手を振っていたのは、屋敷《やしき》にやってきた時以来姿を消していたレナ様だった。今はドレスではなく、黒い寝間着姿で非常に可愛《かわい》らしい。腰元の大きなリボンが特徴的だ。

「こんな時間に、どうなさったのですか？」

「ちょっとね。レイズが起きていたら、都合が良かったの」

「都合、ですか」

一体何の都合がいいのかはわからないけれど、レナ様がとてもニヤニヤしているのが気になる。なに、僕に一体何を期待しているの？

「ねぇレイズ。まだ眠るには早いでしょ？」

「まぁ、はい。そうですね」

「じゃあさ――」

蠱惑《こわく》的な笑みを浮かべて僕の手を撫《な》でるレナ様。

デートのお誘いとか、愛の告白なら胸が高鳴るシチュエーションなんだろうけど、今の僕にはその笑顔が怖く見えて仕方ない。

僕の第六感が、危険信号を発しているんだ。

けど、そんなことなど知ったことかと言うように、レナ様は僕を微《かす》かに見上げながら声を震わせた。

「これから、ちょっと私の部屋に来てくれない？」

第四話　酔い姫

「これ、どういう状況なんですか……」

「見てわからない？　面白いから、貴方《あなた》を連れてきたのよ」

レナ様に連れられ、彼女の私室に入った直後。

心底楽しそうに白いソファに向かったレナ様に、苦言を呈する。一体何をやらかしたのですか？　という意味を含んだ目で。

「いや、面白いじゃなくて……どうするつもりですか？」

「どうって、素面《しらふ》に戻るまで放置に決まってるでしょ？　別に物を壊したり暴言を吐いたりするような子じゃないし、大丈夫よ」

「無責任な……」

額に手を当て、上機嫌にワインを手に取るレナ様に溜息《ためいき》を吐《つ》く。

折角一人で読書を楽しんでいたのに。僕のプライベートは何処《どこ》に行こうと邪魔されるらしい。どんな理不尽ですか。

「ほらレイズ。貴方も飲みなさい」

「いえ、明日は調査がありますので」

「つれないわねぇ」

空のグラスを振りながらムスッと拗《す》ねた表情をするレナ様。彼女にだけは酔った姿を見せるわけにはいかないんだ。絶対、後々後悔する羽目になるだろうから。

「全く、貴方がそんなんだと、その子にもっと飲ませてしまうわよ？」

「やめてください」

「なら、せめてこっちに来て座りなさいな。いつまでも立っていたら足が疲れるわよ」

「……わかりました」

完全にレナ様のペースに呑《の》まれていることを理解しながらも、渋々着席。

これは、あれだ。彼女は何処かヘレンさんに似ている節がある。逆らってはならないと思わせる力を感じさせるんだ。

と、不意に背後から首に腕を回された。同時に、微かに鼻腔《びこう》を擽《くすぐ》る女の子の甘い香り。香水でも使っているのかと思ったけど、風呂《ふろ》上がりに香水をつける習慣はないだろう。

「ふふ、酔うとこんなことになるのね。面白いわ」

「笑ってないで何とかしてくださいよ……」

「嫌よ。こんなに楽しい余興を自分から中断させるなんて、馬鹿のやることだもの。大人しくされるがままにしていなさい♪」

「悪魔め……」

完全に見放された僕は、少し冷たい腕の感触に触れながらも、最後の抵抗。

「大体、僕を呼んだ意味って何ですか？　こういうお泊り会みたいなことは女の子だけで楽しんでくださいよ」

「寧《むし》ろ男の子がいるから盛り上がるんじゃない。お酒飲んでからず～っと貴方の話をするものだから、親友への気遣いとして連れてきたのよ」

「そんな気遣いはゴミ箱へどうぞ」

「そんな勿体《もったい》ないことできないわ。ほら、見なさい？　と～っても可愛いでしょ？　貴方のお姫様」

「誰が僕のですか。まぁ、そうですね……」

頬が熱を帯びるのを感じながら、できるだけ顔を正面から見られないよう、レナ様から顔を背ける。その代わりに、背凭《せもた》れを挟んで僕の首に腕を回す少女をちらりと見やった。

「うっふふふ～♪　レイズ、様～～♪」

耳元で聞こえる、耳触りの良い声。

上機嫌に僕の名を呼ぶのは、長く艶《つや》やかな銀髪を揺らし、同色の瞳を輝かせた美少女。

今はお酒が入り顔を上気させている――王国王女殿下、リシェナ様だった。

◆

数分前。

「私の部屋に来てほしいって……あの、頭でも打ち付けましたか？」

突然部屋へ来るように言われた僕は、まずレナ様の頭が正常に作動しているのかどうかを疑った（滅茶苦茶《めちゃくちゃ》失礼かもしれないけど）。

深夜になると気分が高揚するとは言うけど、彼女のように聡明《そうめい》な人が気分に流されて行動するとは思えない。いや、こんな時間に人の部屋に来る時点で非常識だとは思うけど、それはよしとしよう。僕も起きていたし。

何にせよ、公爵令嬢が平民を……女の子が夜遅い時間に男を自室に招き入れるなんて、使用人の人たちにどんな勘違いをされるかわからない。

それをわかっていないのか、レナ様は腰に両手を当てたまま言う。

「別に私の頭は正常よ」

「……僕に何をする気ですか」

「そんなに警戒しなくてもいいじゃない」

レナ様は口元に手を当て、怪しげな光を瞳に宿しながら微笑を浮かべる。

「まだ眠くないのなら、私の部屋でお喋《しゃべ》りに付き合ってほしくて。農業地帯がこんな状況だし、愚痴の一つも聞いてもらえると嬉《うれ》しいの」

「本当に愚痴だけですか？」

「勿論《もちろん》それだけじゃないわ。実は私、以前から貴方に興味があったの。この機会に色々と知ることができれば嬉しいわ」

「……初めて会った時も、何故《なぜ》か僕のことを知っているような口ぶりでしたからね。何か調べているんだろうとは思っていましたよ」

「情報収集は乙女の基本よ」

すまし顔のレナ様。

あのカフェでお茶をした時から、彼女は僕の名前を知っていた。単純に一番年若い魔法士として興味を持ったのか、はたまた殲滅《せんめつ》兵室に入った新たな兵器として調べていたのかは、わからない。公爵令嬢という身分の高い存在だから、調べることは容易だろう。

だけど、幾ら貴族だからって、こちらにも教えられないこともあるんだ。

そう易々《やすやす》と情報を与える機会を設けるわけにもいかない。

「立場を……というか、常識を考えてください。公爵邸の中とはいえ、貴女《あなた》のような綺麗《きれい》なた方の部屋に僕のような余所者《よそもの》を招き入れるなんて。もっとご自身の安全を考えてください。いずれ痛い目を見ますよ」

「………」

突然黙り込んだレナ様は、ジッと僕を見つめて、やがて笑った。

「なるほど、あの子が言っていた通りね。被害者は多そう」

「？」

「なんでもないわ。あと、ご忠告感謝するけど、私は信頼できると思った相手しか部屋に入れないわよ」

「以前一度お会いしただけで信頼も何もないでしょう」

今日で会ったのは二回目。そんな相手に信頼を置くなんて、僕には考えられない。

「馬鹿ね」

「何ですか、急に」

「私だって、数回会っただけの人を信頼なんてしないわよ。でも、貴方にはしっかりと信頼に値する理由がある。私の情報網は、貴方が思っている何倍も凄《すご》いものなのよ？」

自信満々に言い切るレナ様。

これは、あれだな。アリナさんと同じで、どう断ってもこちらが承諾するまで解放してくれないパターンだ。

どれだけ拒否しても、あの手この手で強引に頷《うなず》かせに来る。経験からして、ここは無駄に逆らわない方が身のためだと判断。仕方ないよね、我儘《わがまま》な公爵令嬢様のせいなんだし。

「……少しだけですよ」

「構わないわ。ふふ、きっと驚くわよ」

「何にですか」

「それは行ってからのお楽しみ。あと、貴方を部屋に招くことはロイドに言ってあるわ。大丈夫よ」

「あ、ちょ――」

僕の返答を待たないまま、レナ様は僕の手を引いて歩き出す。

この自分勝手なところ、隣室で眠っている先輩と凄く似ているよ。まぁ、どのみち行くんだし、大人しく腕を引かれて連行されるとしよう。

そんなこんなで、レナ様の私室に招かれ、今に至る。

◆

「へっへ〜♪　レイズ様〜」

「お、御戯《おたわむ》れが過ぎますよ、リシェナ様」

僕の隣に移動したリシェナ様は僕の右手を手に取り、指を絡《から》めたりして弄ぶ。素面の状態なら絶対にこういうことはしない人なんだけど、お酒っていうのは本当に怖い。

「どれだけ飲ませたんですか？」

「そこの床に転がっている分」

指差した場所には、空になったワインボトルが三本転がっていた。まさか、これ全部飲んだの？

「なんで止めないんですか」

「全部じゃないわよ。私も一本飲んだし」

「いや、一本でもかなりの量ですけど……」

グラス二杯でダウンする僕には考えられない量だ。いや、早めに酔って制御が利かなくなるタイプなのか？　厄介な。

「そもそも、どうしてここにリシェナ様が？」

「公務の一環よ」

「公務、ですか」

建国祭で王都中を回ったばかりだというのに、こんな遠い場所でも公務があるのか。王族というのは本当に大変なんだなと、しみじみ思う。

「エフェルの農家を回って、激励していたのよ。王国としても、できる限りの支援を約束するって」

「農家はかなりあると思いますが、まさか全て？」

「そうよ。おかげで朝から晩までかかってしまったけどね」

そりゃあ、それだけの時間はかかるだろう。エフェルは広い。農家の正確な数は数えていないが、数十なんてものでは済まない。それを全てだなんて……。

「王女だからって、そこまでやらなくてもいいとは、言ったんだけどね。この子がどうしてもやるって聞かなかったから」

「そうなんですか……お疲れになっているのでしたら、ワインなど飲まずにすぐに寝た方がよかったのではないですか？」

「回った家で貰《もら》ってくれって押し付けられたんだから、飲まなきゃ勿体ないでしょ？」

「後日でいいのでは？」

「それはリシェナに言いなさいな。飲み始めたのはその子なんだから」

ちらりと、僕に体重を預けているリシェナ様を見る。

上気した頬と、とろんとした瞳がいつになく色気を醸《かも》し出している。おまけに、就寝前の寝間着姿。上からカーディガンを羽織っているとはいえ、嫁に行く前の女の子が男に見せてはいけない格好だろう、これ。

「？　どうなさったのですかぁ？」

「いえ、何でもありません。それより、リシェナ様はかなり頑張られたようですので、疲れも溜《た》まっているでしょう？　もうお休みになられてください」

「まだ、眠くないですぅ」

「嘘《うそ》つかないでください。瞼《まぶた》が閉じかけています」

僕はそう言うが、リシェナ様はいやいやと首を横に振り、駄々を捏《こ》ねる。

これは甘え上戸なのか？　それとも我儘上戸？

「ずっとこんな感じですか？」

「そうね。酔いが回ってからはずっとそんな感じ。大変だったわよ」

「明日は二日酔いで苦しみそうですね……」

これだけ飲んでしまうと、翌日に響くだろうね。頭痛と吐き気で絶望の朝を迎えることになる。ちょっと同情する。

と、リシェナ様は上目遣いに僕を見上げた。

「レイズ様ぁ」

「はい。なんですか？」

普段とは違う可愛《かわい》らしい声音で僕を呼んだリシェナ様は、僕の耳元に口を近づける。

そんなに近づかなくても聞こえるんですが……ちょっとレナ様、どうしてそんなに笑っているのですか。

「建国祭の時は……助けていただき、ありがとう、ございましたぁ」

「い、いえ、任務を遂行しただけですので。リシェナ様がご無事でなによりです」

「あの時の、占有魔法を使われたレイズ様……とても美しかったです」

「ど、どうも……」

甘い吐息が耳を撫《な》で、背筋がぞわぞわと粟立《あわだ》つ。

自然と頬が熱を帯び、気恥ずかしさを感じてリシェナ様から視線を外す。酔っているとはいえ、リシェナ様にこんな顔は見られたくない。恥ずかしすぎる。

「ふふ」

レナ様は短く笑い、手にしていたワイングラスの中身を一口。

一体何を肴《さかな》に飲んでいるんですか、貴女は。こっちを見てニヤニヤしないでいただきたい。この人、絶対に楽しんでる。この光景を見るためだけに僕を私室に招き入れたんだ。

そうに違いない。

「あの時……みたいに、美しかった……」

「あの時？」

リシェナ様の言葉に、思わず彼女の顔を見た。

あの時、っていつのことだ？　リシェナ様に魔法を見せたのは初めてだし、そもそも彼女は魔法を見ることができる場所には基本的に行かないはず。八星矢《はちせいや》を王都で使用したこと自体、先日のオルトロス討伐で初。雷魔法だけなら何度も使っているけど……彼女を助けたことなんてあったか？

「リシェナ様、以前にも僕の魔法を――っと」

「……」

質問しようとしたけれど、言葉の途中でリシェナ様は寝息を立て、僕の膝上に頭を預けて眠ってしまった。そのまま胸を上下させ、熟睡へと移行。夢の世界へ旅立ってしまったようだ。何ともタイミングの悪いことで。

「寝ちゃったのね。まぁ、疲れも溜まっていたし、この子は元々お酒強くないから」

「お酒弱いことを知っているなら、尚更《なおさら》止めるべきだと思いますけど」

「止めたら『まだ飲めます！』ってムキになるんだもの。この子が自発的に飲んだのよ。

私に非はないわ」

「貴女《あなた》が焚《た》きつけたから飲んだようですね。レナ様が悪いです」

「……レイズ、ちょっと私に当たりが強いんじゃない？」

「そんなことはないですけど」

膝の上で眠る王女殿下の頭を撫でる。

あどけない寝顔。お酒が弱いのに無理して飲んだらいけませんよ？　王女だから、変な男に騙《だま》されるようなことはないだろうけど、ちょっと心配になる。

「まぁ、別にいいけど。それより――」

レナ様がグラスを片手に持ったままこちらに近づき、僕の首筋に触れた。

「この子の名前を普通に呼んでいたから、薄々気が付いてはいたけど……その紋章、偽物《にせもの》なのね」

「え？　……あ」

「王族の名を記憶しないという誓約《ギアス》は、殲滅《せんめつ》兵室の全員に刻まれると聞いていたのだけど」

しまった。この場にはアリナさんがおらず、目の前にリシェナ様がいるため油断していた。

今のところ、誓約が消えたことは誰にも話していない。もし露見すれば……再び封じられてしまうだろう。

「それは……」

「車内でもマズイと思って、言わないようにしていたのよ？　貴方《あなた》の焦《あせ》った表情、あれは私を騙すためのフェイクかしら？」

悪戯《いたずら》めいた笑みを浮かべるレナ様に、僕は焦りを隠せない。

……なんて説明すればいいのだろうか。

僕の誓約が消えたことは、殲滅兵室の人とリシェナ様しか知らないことだ。原因は全くわからないのだけど、消えたことに間違いはない。

迂闊《うかつ》だった。誰にも知られてはならないと、王都を出る前にヘレンさんに言われていたのに。

どうする。物騒ではあるけど、部屋に置かれている鏡を利用してレナ様に気絶する程度の雷魔法を浴びせるか？　いや、そんなことしたら暗殺未遂容疑をかけられてしまう。却下だ。でも、他に方法は——。

僕が悩みに悩み、危険な方法まで視野に入れている時、レナ様が僕に触れていた手を離して元いたソファに腰を下ろした。

「まぁ、貴方が話せないなら仕方ない。無理強いはしないわよ。別に貴族には隠し事をしてはならない、なんて法律があるわけでもないんだし。秘密の保持は民や国の安全に影響がないのなら、個人の自由よ」

「……すみません」

「謝らなくていいわ。別に誓約の有無で貴方が弱くなることはないでしょう？　いえ、寧《むし》ろリシェナの名を覚えても弱体化することがなくなった分、強くなったのかしら。それならその方がいいわ。大体、私はあの誓約自体馬鹿馬鹿しいと思っているわけだし」

レナ様は愚痴のように零《こぼ》し、グラスに入っていたワインを一気に飲み干す。凄《すご》い飲みっぷりだ。けど、飲み過ぎだと思う。床に転がっている分も含めると、かなりの量だ。目がとろんとしているし、泥酔《でいすい》の一歩手前といった感じか。

流石《さすが》にそろそろ止めておかないと。

「もうやめておいた方がいいですよ。これ以上は明日に響きます」

「まだよ。まだ全然飲み足りないわ。リシェナが先に潰れてしまったのだから、残りの時間は貴方が付き合いなさい。公爵令嬢としての命令よ」

「残念ながら、明日は土地の調査に行くので無理です。レナ様の命令でも、エフェルの未来を護《まも》る方を優先させていただきます」

「本当につれないわねぇ……折角連れてきたのに」

頰を膨らませながら、レナ様は再びグラスの中にワインを注ぐ。

あーあ。親切心で止めてあげたのにこれだよ。二日酔いで酷《ひど》い目に遭っても知らないですからね？

「んぅ……」

不意にリシェナ様が目を閉じたまま呻《うめ》いた。眠る姿勢が悪くて、寝苦しいのかな？　こんなにたくさん飲むからですよ？　まぁ、明日の朝に今日の後悔をすることになるだろうから、それを教訓として今後に活《い》かしてほしい。

「それにしても、レナ様は、かなり情報通ですね。誓約のことは、貴族でも知らない人が多いんですよ？」

「私には色々と情報を収集するパイプがあってね。様々なところから情報を仕入れて来るのよ。良い情報も、悪い情報も含めて」

「……詳しくは詮索しないようにします」

「助かるわ」

公爵令嬢の秘密と言えば、トップシークレット。対抗できる権力もない僕が知ることは許されないだろう。無理に知ろうとすれば、僕は謀殺されるかもしれないし。態々《わざわざ》危険な魔獣を起こすことはしない。

「で、今日は本当にリシェナ様の相手をさせるために、僕を部屋に招き入れたんですか？」

「ん？　他に何があるというの？」

きょとんとした表情を浮かべるレナ様に、僕はがっくりと項垂《うなだ》れてしまった。

「いや、こんな時間に呼びつけたんですからもっとこう……エフェルに起こっている問題の真相を知っていたり、そうでなくても何か重要な情報を持っていたりするものでは？」

「物語の読み過ぎよ。そんな都合のいい情報を私が持っていたら、既にお父様に提供しているわ」

「ですよねぇ……でも、たったこれだけのために、僕を呼びつける必要はなかったのでは？　僕、一応明日に備えて休んでいたところだったのですが」

「だって、仕方ないじゃない。お酒を飲んでいる間、この子ったらずーっと貴方の話ばかりするんだもの。本人を連れてこないと収拾がつきそうになかったから、貴方を部屋に呼んだのよ」

「……まぁ、リシェナ様が気持ちよさそうに眠っているので、別にいいですけど」

僕の膝上で眠るリシェナ様は、思わず惚《ほ》れてしまいそうな程に可愛らしい寝顔で、寝息を立てている。レナ様に、どんなことをお話しになられていたんですかね。大体、先日の事件のことというのは、想像がつきますけど。

「随分とリシェナに好かれたわね。確かにこの子の言う通り、貴方は好感が持てる人であるのは理解したけど……難儀なものね」

「難儀ですか？」

「ええ。この子は貴方と……いえ、貴方たち殲滅兵室と仲良くしたいのでしょうけど、この国の歴史がそれを許さない。本来この子は、貴方たちに関わるべきではないのよ」

歴史……過去の王が起こしたことによって、力を持つ僕らが不当に扱われているということかな。確かに、リシェナ様は王族。彼女が僕ら殲滅兵室の前に現れ、名前を吐露してしまえば、全員が苦しい思いをすることになる。

それを気にしてか、僕らを恐れてかはわからないけれど、リシェナ様以外の王族は殲滅兵室の前に姿を現さない。不用意に干渉しないようにしているのだろうね。彼らにとって、僕らは恐怖の象徴だから。

「実際、僕がリシェナ様と一緒にいるところを目撃した人からは声が上がっているそうですね。危険な兵器の傍《そば》に、王女殿下を近寄らせるべきではない、と」

「何が兵器よ。貴方たちはそんなものでは——」

「レナ様」

僕は目を伏せ、レナ様にお礼を告げる。

「貴族でありながら、僕らを人間として扱ってくださることはありがたいです。ですが、大部分の貴族は僕らを兵器とみなしています。強大な力は尊敬ではなく畏怖となる。どれだけ言おうと、少数の声は多数の声にかき消される。これは、仕方ないことなんですよ」

「レイズ……」

「それに、別に兵器と呼ばれても不都合はありませんから。最初は嫌でしたけど、これはもう慣れるしかないです。給金もいいですし、文句は言えませんよ」

時計を確認する。もう少しで日付も変わるし、流石に眠らないと。

「そろそろ、僕は部屋に戻りますね。いい感じに眠気も出てきましたし、明日に備えます」

「……わかったわ。ただ、これだけは言わせて」

レナ様は優しい瞳と微笑を浮かべ、言った。

「周囲がどれだけ貴方たちを兵器と呼ぼうと、私は貴方たちを人として扱う。兵器ではなく、勇敢で立派な魔法士として」

「ええ。感謝します」

思った以上に、レナ様は優しい人だな。ここまで気遣ってくれる貴族なんて、リシェナ様以外に会ったことがないよ。

さて、部屋に戻るし、リシェナ様をベッドまで運ばないと。

膝上で眠る王女殿下を横抱きに抱えて立ち上がろうとした時、突然彼女は嫌々と首を左右に振り、僕の首に腕を回してしがみついてきた。凄いワインの匂いがする。

「リシェナ様。もう眠りますよ」

「まだ……飲めるぅ」

「夢の中でも飲んでるんですか――痛ッ！　首を噛《か》まないでくださいッ！」

今の、甘噛みじゃなくて肉を食いちぎるくらいの強さだったぞ！　僕の首をおつまみのサラミか何かと勘違いしているのか？　食べられたくないんだけど。

このままでは身の危険を感じるので一旦離そうと試みる。が、力強くホールドされているから離せない。リシェナ様、酒癖が悪すぎますッ！

「れ、レナ様！　何とかしてください！」

「駄目。それは貴方の役目よ。私が手を貸したら面白くないじゃない」

「面白いとかそういう問題じゃ――あ、駄目ですよッ！　もう飲んだら駄目ですッ！」

リシェナ様は僕から離れたと思ったら、再び机に置かれたワインのグラスへ手を伸ばし始めた。僕はそれを大慌てで止めてリシェナ様を説得し、それを見てレナ様が大笑いするというカオスな状態。

結局、リシェナ様を寝かしつけて客室に戻ったのは、日付を跨《また》いでしばらくした後だった。

第五話　顔合わせ

翌日。

眠りから覚めた僕は身支度を整え、食堂に向かおうと客室を出たタイミングでアリナさんと遭遇。眠気の抜けない僕の顔を見て、彼女は首を傾《かし》げた。

「おはよ。寝不足？」

「おはようございます。まぁ、そんな感じですね。ちょっと昨日の夜は色々ありまして」

顔を洗ったけど、それだけで眠気が完璧になくなるわけではない。目元を擦《こす》り、欠伸《あくび》を噛み殺しながらアリナさんに応対する。逆に、アリナさんはいつも通りの様子なので、熟睡できたみたいだ。

「あぁ、昨日の夜は何処《どこ》かに行っていたもんね。それが原因か」

「知っていたんですか？　てっきり眠っていると思ったんですけど」

「眠っていたけど、足音で起きたの。ま、あれはレナ様のだと思うけどね。私が寝ている近くで、レイズが足音を立てて歩くとは思えないし」

「まぁ、そうですね。一度足音で起こして引きずり込まれましたし。教訓は生かしてます」

苦い記憶が。

殲滅《せんめつ》兵室に来たばかりの頃、下宿に帰ろうと執務室を歩いていたら突然植物に拘束されて、アリナさんの執務室に引きずり込まれたんだよね。で、足音を立てるなと忠告された上、その日は彼女の抱き枕にされたまま一晩を過ごす羽目になった。抱きしめる力が強いので、何度も骨が軋《きし》む音がしたね。痛かった。

そんなことがあったので、僕はアリナさんが眠る傍では絶対に足音を立てないようにしているのです。

と、アリナさんは一度歩みを止めて僕へと人差し指を向けた。

「レイズ。幾ら誓約《ギアス》が解除されているからって、あまり仲良くし過ぎないようにね。本来、私たちは彼女たちと関わってはならない存在なんだから」

「肝に銘じておきます。けど、向こうから来られたらどうしようもないです」

「……気を付けてとしか言えないか」

それ以上に対策がないため、アリナさんもそれ以上は言わなかった。

代わりに──。

「眠れなかったのは、昨日列車で爆睡したことも関係していると思うから、そっちの方面でも気を付けること。レイズは私みたいにいつでも寝られるわけじゃないから、寝てもいいけど、夜も寝られる程度の昼寝にすることね」

「わ、わかりました」

と、返事をしたはいいけど、多分無理かな。

ワインというか、お酒を飲むとどうしても眠気に襲われるんだよね。そういう体質なのかはわからないけれど、その眠気には抗《あらが》うことができずに長時間眠ってしまう。夜ならそのまま朝まで眠るだけなんだけど、昼間から飲酒をすると夜に寝られなくなってしまう。便利だけど厄介な体質だよ、全く。

「これから土地の調査に行くんだから、途中で寝たりしないようにね」

「流石《さすが》に一晩の寝不足でそんなヘマはしませんよ。村にいる時は、徹夜で修業していた時もありましたし」

「なら、安心。私が眠った時にはちゃんと連れて帰るように」

「なんでアリナさんが寝そうなんですか！　ちゃんと睡眠取ったんでしょう⁉」

「睡眠とは、幾らあっても、足りないものなの」

「そういえば、アリナさんは普段半日以上眠っているんでしたね……」

驚異の睡眠時間……というか、寝すぎなんだよ。僕の二倍は寝てるって、しかもそれで睡眠時間足りないって意味がわからないよ。眠るために生きているみたいだ。

並んで階段を下りながら、僕はアリナさんに改めて尋ねる。

「今日の調査で、どこまでわかりますかね」

「何とも言えない。土地の異常なら私の大地干渉を使えば、原因はすぐに特定できる。けど、必ずしも土地に原因があるとも言えない」

「となると、今日は作物がどういう状態にあるのかがわかれば上出来ってところですかね」

「うん。流石に一日じゃ、調べられる範囲に限界があるから」

アリナさんの占有魔法である大地干渉を土地の全域に使えば、調査の手間もかなり減るだろう。けれど、アリナさん一人で農業地帯全てを回り、土地や作物を調べることは良案じゃない。そんなことをしていては、僕らの期限である七日なんてすぐに過ぎ去ってしまう。

だから、土地の一部からサンプルとなる土や作物を採取して、専門家に調べてもらうのが現実的かな。その専門家が、役に立つかどうかはわからないけれど。

「専門家って、どんな人なんでしょうね」

「わからないけど、面倒な人だったら、公爵様に言って同行を拒否しよう。それくらいの権利はあるはずでしょ」

「そうですね。どうしようもない人だったら、二人で行きましょう」

王国の食料危機に直結する問題とはいえ、そんな精神衛生的に悪い人と同行していては重要な手がかりを見逃すことになるかもしれないんだ。今回のような重要な任務は、ベストなコンディションで臨まないと。そのためにはちょっとくらいの我儘《わがまま》は通すべきだろう。

「まぁ、そんな人だったら公爵様の所に行く前に、うっかり手が出てしまいそうだけど」

「絶対にやめてくださいよ。ここに来て犯罪者になるなんて、御免です」

「大丈夫」

「本当ですか？」

「出すのは手じゃなくて、植物だから」

「それでも駄目です！」

気に入らなかったから専門家の頭を潰しました、なんて洒落《しゃれ》にならない。任務中に手を出していいのは、襲ってくる魔獣だけなんだから。

「というか、魔獣っているんですかね。農家の人たちが仕事をする場所に、魔獣が棲《す》み着いているとは思えませんが」

「当然侵入防止の柵はあるだろうけど、それで絶対入ってこないってことはないから。中には飛び越えて柵の中に入ってくる種もいるでしょ」

「何事も絶対はありえない、ってことですか」

「そういうこと。それに、公爵様も未知の魔獣が関与している可能性も零《ゼロ》ではないと考えているみたいだし、レイズはそっちを警戒していて。常に周囲を探知しておくこと」

「了解です」

どのみち、やることは変わらないか。どんな魔獣であろうと、視認した時点ですぐに始末すればいいわけだし。

わかりやすくて楽な仕事だよ。

「初めまして、宮廷魔法士の方々」

軽めの朝食を食べ終えた後、僕らは屋敷《やしき》の正面玄関で専門家の人と対面することになった。

「土地の調査に同行させていただく、エインと申します。土地の専門家だと聞いておられると思いますが、本職は植物学者、同時に土地の研究もしています。どうぞ、よろしく」

愛想《あいそ》のいい笑顔を僕らに向け、一礼。

三十歳頃と言った外見年齢。濁った緑色の頭髪をしているのは、植物学者だからというわけではないだろう。肉付きの悪い身体《からだ》で、袖から覗《のぞ》く腕は骨が浮き出て見える。研究に没頭しすぎて食生活を疎《おろそ》かにしているんじゃないかな？　とても不健康そう。

愛想笑いを浮かべて頭を下げる様子からして、懸念《けねん》していたような傲慢な性格の人ではなさそうだ。腰が柔らかく、優しそうな印象を受ける。

僕は視線を鋭くし、多少の威嚇も込めて魔力を放出しながら頭を下げた。

「宮廷魔法士のレイズです」

「同じく宮廷魔法士、アリナです。どうぞよろしく」

レナ様に向けるものとは違う、真面目な顔つきでアリナさんも頭を下げる。

「数日間という短い間ですが、土地の調査に同行します。出現した魔獣などは、我々が殺──始末しますので、ご安心を」

今殺すって言いかけたな。猫を被《かぶ》っているとはいえ、随所で危ない部分がある。本当に残りの日数、猫を被り続けることができるのかな。

けど、専門家──エインさんは特に気にした様子もなく頷《うなず》いた。

「心強い。私は魔法に関してはからっきしで。とてもお強いと聞いておりますので、頼りにさせてもらいますよ」

「お任せください。さ、あまりのんびりもしていられませんので、行きましょうか」

僕はそう促し、ロイドさんが運転する車へと乗り込む。

助手席にはエインさんが座り、僕とアリナさんは後部座席へ並んで座る。最後に、後部座席の扉を閉めたロイドさんが運転席に乗り込み、発進。

相変わらず道は空いており、通りを歩く人の姿も少ない。と、不意にロイドさんが口を開いた。

「私が皆様をお送りすることができるのは、道路が舗装されたエフェル内だけでございます。申し訳ございませんが、問題となっている農業地帯には、ご用意してある馬に乗ってお向かいください」

「車で走ることはできないのですか？」

「はい。道が舗装されておりませんので、激しい振動で内蔵されている魔道具が故障してしまう可能性がございます。舗装された街中では問題なく走行できますので、ご安心ください」

「なるほど」

かなり精密に作られているみたいだ。

魔法式と同じで、外部からの異常が加われば壊れてしまうとは。これをエフェル以外にも普及させるには、ほぼ全ての道路を舗装しなければならない。それだけで一体どれだけの予算が必要になることか。それなら今まで通り、馬車で移動した方が楽でいいのかもしれない。

説明を聞いた僕は窓の外へと視線を移し、すぐに上着の裾が引っ張られたことで再び車内へ顔を向けた。

「どうし――んっ」

僕は最後まで言い切る前に、アリナさんに人差し指を唇に押し当てられた。それが意味することは、声を出すな、ということ。つまり前席に座る二人には聞かせられない用件があるようだ。

アリナさんは僕と顔を見合わせながら、視線で何かを訴えて来る。訴えているというより、合図というべきか。すぐに意味を汲《く》み取り、僕は彼女の求める魔法を発動。

「――思念疎通」

服の袖に隠れて見えない腕に魔法式が浮かび上がり、僕の指先から極細の白い糸が出現。それはゆっくりと伸び、アリナさんの指先へと繋《つな》がる。直後、僕の頭には彼女の声が直接響き渡った。

『――上出来』

『どうも。前から思っていましたけど、この合図って他の人に伝わるんですか？』

『伝わらない。汲み取れるのはレイズだけ』

『ですよねぇ』

僕もアリナさんと同様に、声を出さずに頭で言葉を連ね、会話を成立させる。

無属性近距離初級魔法――思念疎通。

魔力糸を生み出し、対象と繋ぐことによって、声に出さずとも思念による会話を成立させることができる魔法だ。この魔法は主に、近くに会話を聞かれるとまずい人物がいる時に用いられる。丁度、今みたいな状況だ。

これを使わせたということは、何か大事な話があるのだろう。

『で、どうしたんですか？』

『レイズはあの男――エインをどう思う？』

話したかった内容はそれか。

『どうと言われましても。懸念していたような人ではなかったので、よかったかなと。物腰柔らかそうというか、失礼ですけど弱そうに見えます』

『それだけ？』

アリナさんは不満そうに問う。第一印象はそんな感じかな。

物腰が柔らかくて、人に意見することを苦手としてそう。気が弱いというか、とにかく危険人物には全く見えない。

まぁ、外見だけならね。

『付け加えるなら、本当にただの植物学者なのかと、疑いを持ちましたね』

『理由』

『アリナさんはわかっていると思いますけど、僕は警戒心が強いんです。さっきの顔合わせの時、エインさんだけに向けて魔力放射を行い威圧しました。が、一切動じてもらえなかったです。ただ、魔法はからっきしと言っていましたから、もしかしたら魔力を全く感知できていなかったのかもしれません。人間は必ず魔力を持っているものですので、俄《にわ》かには信じられませんが』

魔力放射による威圧は、基本的に体内に魔力を宿している生物になら通用する。それこそ、まだ幼い赤子にさえも。でも、エインさんは一切動じることがなかった。そういう体質なのか、はたまた威圧に動じない程、精神力がタフなのか。

『ちょっと疑念も残るけど、あからさまに怪しいというわけでもないって感じね。ただ、警戒しておくにこしたことはない、と』

『そうですね。まぁ、ロイドさんの知り合いだそうですから、そこまで目を光らせる必要もないかと』

『一先《ひとま》ず、土地の調査に専念ということで』

『了解です』

頷き、魔力糸を遮断。

前方を見ると、エインさんとロイドさんが世間話に興じている。笑みを浮かべているエインさんとは違い、ロイドさんの表情は硬いまま。これから本格的に土地の調査を行うということで、少し緊張しているのだろう。民の生活どころか、王国の危機だし、そりゃあ緊張もするよね。

「さて、今日だけで何かわかるのか」

酷《ひど》い状態だとは聞いているけど、実際に農業地帯を見たことがあるわけではないので、どうなっているのかはわからない。どれほどまでに荒れ果ててしまっているのか。元通りになればいいのだけど。

若干の不安を抱え、窓の外へと視線を移す。

先ほどまで出ていた陽《ひ》は、雲に隠れてしまった。

第六話　調査初日

数十分後。

建物が立ち並ぶ街から出た僕らは郊外——遥《はる》か先まで広がる広大な農業地帯に到着した。

眼前には青々と茂る葉が広がり、様々な作物が実っている。それらは春風に吹かれ、微《かす》かに揺れていた。害鳥対策はしているようで、作物の中には網で覆われているものもある。

農薬類は一切使っていないと聞いているので、そういった対策が必要不可欠なんだろう。しっかりと対策を講じておかないと、出荷する作物を食べられてしまう。そうなれば生活もままならないことになってしまう。

王都では見ることのない景色を新鮮に感じながら、僕とアリナさん、そしてエインさんは馬に乗って目的地に向かっていた。今日は比較的暖かく、絶好の調査日和と言える。

「いやぁ、素晴らしい景色ですね。多種多様な作物が栽培されて、王国内でも随一の名所と言われるだけのことはあります」

「そうですね。魔獣もいなくて、安全な場所で自然に囲まれているのはいい気分です。天気もいいし」

「遠くまで一望できるのがまた、美しい。陽の光を浴びて生長する作物……いえ、植物は妙な魅力がある。人には見られない、輝きを感じられます」

前を進むエインさんは作物をうっとりと眺めながら、感激したように言葉を連ねる。これは植物学者の性《さが》、とでも言うべきかな。申し訳ないけど、その感受性を僕は持ち合わせていないので共感はできない。

でも、植物が綺麗《きれい》というのは理解できるかな。厳しい土地でも必死に根を伸ばして生きようとする、強靱《きょうじん》な生命力は素直に凄《すご》いと思う。その生き方も、美しいと感じる。

「御存じの通り、農業地帯の土は栄養豊富で、作物類がよく育つんですよ。遥か昔は森林が生い茂っていましたが、人間に開拓され、現在のようになりました」

「へぇ、ここは森だったんですか。そうなると、自然破壊によって農業地帯が生まれたってことですよね？　何だか心が痛むなぁ」

「そうかもしれませんね。しかし、森林には魔獣が多く生息していますから、人が生きるためには切り開かざるを得なかったのでしょうね。おかげで、美味《おい》しい作物が収穫できますし」

「確かに、目に入る作物はとても美味しそうです」

「農薬などは一切使っていませんので、そのまま食べられますよ。あぁ、失敬。こういうのは、実際に作っている農家の方が言うべきですね」

「はは、かもしれませんね。でも、エインさんの説明もわかりやすいですよ」

そこで僕は会話を一時中断し、ちらり、と少し後方をついてくるアリナさんに視線を向けた。

先ほどから一切会話には入ってこず、一人景色を眺めつづけている。植物を操る魔法を持つ身として、周囲の作物に思うところがあるのだろうか。確かに僕の目から見ても、実っている作物は皆小ぶりのように思える。アリナさんは大きさ以外にも、何か感じているのかもしれない。彼女の性格上、絶景を見て感動に打ち震えている……ということはないと思う。時折不機嫌そうに目を細めているし。

どうしてへそを曲げているのか。

「あの、彼女はどうなさったのでしょうか？」

「あぁ、気にすることはありませんよ。彼女も宮廷魔法士ですので、しっかりと仕事はやり遂げます。少し様子を見に、隣に行ってきますね」

そう言い残して、僕は馬の歩く速度を落としてアリナさんの隣へ。

「どうかしたんですか？」

「……」

ムスッとしたまま無言を貫く。代わりに、僕に鋭い視線を向けた。

「アリナさん？」

「ん」

アリナさんは人差し指を僕に向け、何かを訴えている。察するに、先ほどのように思念疎通を発動しろということか。別に声に出して会話をすればいいものを……わかりました。わかりましたから機嫌を直してください。

指先から透明な魔力糸を生み出し、アリナさんの指先へと接続。その直後、脳内には彼女の大変不機嫌な声が響いた。

『遠い』

『……我慢してください。ほら、景色が綺麗でしょ？』

『どうでもいい。早く、現場、到着。問題、解決、か・え・る』

『子供ですか貴女《あなた》は……。馬に乗っているだけなんですから、耐えてください』

『……帰ったら抱き枕の刑』

『理不尽なッ！』

これは完全に憂《う》さ晴らしでしょ。後輩にそんな酷い仕打ちをしないでもらいたい！

と思っていると、アリナさんの方から接続を遮断された。全く、とことん自分勝手だな、この先輩は。先輩というか、年下の相手をしている気分になるよ。移動中、まだ到着しないのかと駄々を捏《こ》ね始める子供……絶対いると思う。アリナさんは正しくそれだ。口には絶対に出さないけどね。

と、エインさんが心配そうにこちらを見ているのに気が付いた。同行者が不機嫌そうにしていたら、その理由も気になって当然か。駄々を捏ねているだけだから安心してくださ い、と言いに行こうとした時、がしっと肩を摑《つか》まれた。

「え?」

そちらを向くと、アリナさんが怖い微笑を浮かべながら耳元に顔を近づけた。

「(ちゃんと別の理由を言うこと。駄々を捏ねているだけだとか言ったら……賢いレイズなら、どうなるかわかるでしょ?)」

「エインさん大丈夫です。景色に見とれていただけみたいですから」

命は惜しい。

棒読みで伝えると、エインさんは「よかったです」とだけ言い、正面を向いた。うう、良心が痛む。しかし命には代えられないよ。

「上出来」

僕を解放したアリナさんもまた、視線を正面に固定した。

やっぱり、早急にアリナさんの再教育をお願いします。……ヘレンさんが無理と言っている幻聴が聞こえたけど、これは気のせいだよ、ね？

農業地帯を移動すること一時間。

青々とした作物が生い茂る畑を抜けた僕らは歩みを止め、目の前に広がる光景に言葉を失った。話には聞いていたし、イメージもしていた。だけど、やはり実際に惨状を目の当《ま》たりにすると言葉が喉から出てこなかった。

「これは……酷いですね」

馬から下りたエインさんがその場に膝を折り、深い溜息《ためいき》を吐《つ》いて悲痛そうな声を漏らした。

「どれほどの状態なのか予想はしていましたけど、流石《さすが》に驚きを隠せませんね。いや、驚きというよりも、植物学者として悲しみすら湧いてきます。聞こえないはずの、作物たちの悲鳴が鼓膜を揺らすようですよ」

エインさんが手近な作物の葉に手を触れる。それはカサッと乾いた音を響かせると同時に、ボロボロと砕け散ってその生命の終わりを告げた。朽ち果てた茶色の残骸は風に乗り、何処《どこ》かへと消えていく。

僕は少し顔を上げて、目の前に広がる光景を視界に収めた。

僕らの眼前で、数多《あまた》の作物が死んでいた。元は鮮やかな緑だった身体《からだ》は枯れ果て茶色く変色し、原形を留《とど》めることができなくなった部位が地面に横たわり、土に還《かえ》るその時を沈黙しながら待っている。エインさんは作物の悲鳴が聞こえると表現したけれど、僕からすれば沈黙が広がるだけだ。死人に口なし。作物たちは、風に揺られる音すら上げることがない。

不気味とすら感じる静寂は、話に聞いていた通り——話以上に凄惨で悲惨な光景だった。

僕はパリっと音を立てて砕けた枯れ葉を一瞥《いちべつ》し、茶色の作物を真剣に観察しているエインさんに問うた。

「……予想以上の光景ですけど、原因、わかりそうですか？　いや、見つけてもらわないと農業地帯は更に大変なことになるんですけど」

原因がわからず、農業地帯はずっとこのままです、なんて事態は洒落《しゃれ》にならない。エインさんには、早急に原因の解明をしてもらわなければ。

「まだ詳しい調査はしていないので、今の段階では何とも言えません」

「そうですか……」

それはそうだ。一瞥しただけで詳細なことがわかる人なんて、もはや人間とは言い難《がた》い。一度エフェルに戻って、入念に調べないと。

そう思った直後、エインさんは「ただ」と意味深に言葉を続けた。その際、手にしていた枯れ枝を指先で折って。

「この作物たちは、何だか奇妙な枯れ方をしていますね」

「奇妙、ですか？」

「はい。これらは、数日前までは元気な状態だったと聞いています。それこそ、先ほど見てきた農作物に負けない程と。ですが、今は見るも無残な姿を晒《さら》しています。普通、数日足らずでここまで朽ちることはないんですよ」

「作物についての学は浅いので何とも言えませんが、そうなのですか？」

「ええ。こういう言い方は適切ではありませんが、まるで作物たちが、生きるのを諦めてしまったかのように感じます。生命力が根こそぎ吸い取られてしまったような」

確かに、茎の半ばから地面に垂れてしまっている作物たちは、命を諦めてしまったかのようにも見える。だけど、咄嗟《とっさ》にそんな詩人のような表現をするなんて、彼はどうも頭の回転が速い植物学者のようだ。

「生命力が吸い取られている、ですか」

「あぁ、これはあくまで喩《たと》えですので、真剣に受け取らなくてもいいですよ」

「いえ、これ以上ないほどしっくりくる言葉だなと思っただけですよ。流石は植物学者ですね」

「自慢できるような功績は、何も残していませんがね」

苦笑しながらうなじに手を回すエインさんは、照れを必死に隠しているようにも見える。

僕は笑いながら「ご謙遜を」と返し、背後から僕に近づいてきたアリナさんに顔を向ける。

眉を寄せてエインさんの方を見ているけれど、彼に何か思うところがあるのだろうか？

僕は彼に聞こえないように、本当に小さな声でアリナさんに尋ねる。

「どうかしたんですか？」

「……何でもない。それより、来た」

一拍の間を空けたアリナさんは南側を指す。その方向に耳を澄ませると、微《かす》かに、獣の唸《うな》り声のような音が鼓膜を震わせた。同時に、枯れ果てた作物を踏み鳴らす音が断続して響く。

視覚強化を用いて音の発生源を注視すると、ゆっくりとこちらに歩み寄る魔獣の姿が確認できた。四足歩行で狼《おおかみ》のような体軀《たいく》をし、牙を剝《む》き出しにして獲物である僕らに近づいてくる。空腹に耐えているのか、少々足取りは覚束《おぼつか》ない。魔力を体内に留めることができずにだだ洩《も》れになっているし、脅威とは呼べないかな。森の浅い場所に生息する、雑魚《ざこ》と言って差し支えないだろう。

距離はおよそ五百メーラ。まだそれなりに距離があるので、アリナさんは自分で討伐しなかったんだろうね。

「レイズ。変態狙撃」

「変態って言わないでくださいよ」

人の技術を変態呼ばわりすることに抗議しつつ、腰元のレイピアを抜刀し切っ先を魔獣の方角へと向ける。瞬時に刀身が炎に包まれ、周囲の空気を熱しながら燃え盛る。

「炎牙《えんが》」

刀身を這《は》っていた炎は切っ先へと収束し、炎の牙となって魔獣へと迫る。通過地点の枯れた作物を塵《ちり》と化しながら進むそれは、やがて魔獣の口腔《こうこう》へ着弾。数拍の間を空け、魔獣は油の付着した木材のように激しく炎上した。

炎属性遠距離中級魔法――炎牙。

オルトロス戦で使用した赤炎空牙《せきえんくうが》の下位互換であるこの魔法は、標的の肉体を糧《かて》として一気に燃え上がる魔法だ。その昔、強力な魔獣に対抗するために生み出された魔法で、比較的少ない魔力で発動させることができるのが利点だ。ただ、森では使えないので使用場面が限られるのが難点。

断末魔の叫びすら燃やし尽くされた魔獣はその場に息絶え、絶命後の肉体は炎に蹂躙《じゅうりん》される。

「ご苦労さま」

「どうも。一体出ましたし、少し警戒を強めておきましょう」

燃え上がる魔獣を見つめたまま、僕は胸中で疑問に思う。

身体の大きさ的にも、内包していた魔力量的にも、あの魔獣は通常種の中でも弱い部類なんだと思う。でも、それにしても弱すぎる。炎牙が迫っても、それを呆然《ぼうぜん》と見つめているだけで回避する素振りすら見せなかったし、そもそも弱っているようにも思えた。かと言って外傷があったわけでもない……。

「レイズ？」

「いや、なんでもありません」

違和感を払拭《ふっしょく》することはできないけれど、特に気にするようなことでもないだろう。

そう結論づけてレイピアを鞘《さや》に納める。

遠くで燃え盛る炎に気が付いたようで、枯れた作物を観察していたエインさんは驚き、目を丸くしていた。

「あ、え？　なんで燃えて――」

「こちらに向かってくる魔獣を確認したので、僕が事前に始末しました。既に絶命していますので、ご安心ください。今後も出現した場合、僕らで処理するので、エインさんは作物の調査に集中していただきたい」

「き、気づかないうちに……」

彼は生粋《きっすい》の植物学者のようだし、魔力の流れを鋭敏に感知することはできないようだ。炎牙を発動した際はどうしても微量の魔力が漏れ出てしまうため、魔法士ならば容易に発動を感じ取ることができるんだけど、彼はその枠に入らないらしい。これは僕たち魔法士を基準にしているので、本来は感じ取ることができないのが普通なんだけどね。

「お強いとは聞いていましたが、ここまでとは思いませんでしたね。私が気づく前に倒してしまうなんて」

感嘆の声を零《こぼ》すエインさん。

確かに数秒とかからずに討伐したからね。彼が土や葉などのサンプルを採取している間に、ここから倒すことは容易だ。特に見せるようなものでもないし。

僕は肩を竦《すく》めて流し、彼の手元へ視線を移動させる。

「それより、それは解析用ですか？」

「あ、はい。ここでは細かな調査はできませんから、サンプルを少し。専用の機器を持ってきていますので、これだけあれば十分に解析はできるはずです」

「なるほど」

「本当はここに機器を持ってきたかったんですけど、大きなものでして。本来持ち運びには向かない代物なんです」

申し訳なさそうにエインさんは言うけど、僕としてはラッキーなことこの上ない。

機器が屋敷《やしき》にあるのなら、必然的にサンプルを採取した後は帰らざるを得ない。帰ることができる。つまりは十分に取ることができなかった睡眠時間を確保することができるということだ。こんな大変な時に昼寝するのは如何《いかが》なものかとは思うけど、眠気を残した状態では満足のいく仕事ができるはずもない。だから、これは必要な休息なんだ。

「では、早々に切り上げて屋敷に戻った方がよさそうですね」

「そうですね。あと数ヵ所のサンプルを採取したら、戻りましょうか。かなり珍しいケースですので、解析には少々時間がかかってしまうかもしれません」

「前例のない現象ですからね。時間がかかってしまうのは仕方のないことかと。解析はどれくらいで終わりそう……というのもわからないですよね」

「まだ何も始めていないので何とも言えませんね。ですが、あまり時間もかけられません。

可能な限り最速で調査を進めますよ」

今回は日を重ねていくにつれて、農業地帯の人々だけでなく、王国全体の危機が深刻になっていく。早急に解決策を見出《みいだ》して、手を打たないといけない。ただ、急ぐあまり大切なことを見落としていた、なんてことがあってはならない。

「時間がないとはいえ、慌てず、確実に解決できるように頑張りましょう。私たちも、できる限りのことはしますので」

「そうですね」

アリナさんの言葉に頷《うなず》き、僕らは再び馬に跨《また》がり、次なる場所を目指して進む。

流れる景色は、どこまでも寂しく、虚《むな》しい色をしていた。

第七話　考察

その後、幾つかの場所を転々とし、枯れた作物や土などを採取してエフェルへと戻ってきた。普段馬に乗り慣れていないからか、自分で歩くよりも格段に疲れた気がするよ。

屋敷に到着した時には昼過ぎ。事前に準備されていた昼食をいただいた後、エインさんは早々に僕らと別れて自室に戻ってしまった。悠長にしている時間もないし、急いで作業に取り掛かるとのこと。採取した物の解析作業や、そこから農業地帯に起こっている現象の特定をしなければならないから、少しでも時間を確保したいのだろう。今回、一番忙しいのは間違いなく彼だろうね。

多忙なエインさんには悪いけれど、僕は少しばかり睡眠を取るために自室へと向かう。昨晩の寝不足が響いているようで、どうにも瞼《まぶた》が重い。ベッドで横になれば、すぐにでも眠ることができそうだ。寝すぎないように注意しないと。

使用人さんが掃除やベッドメイクを済ませ、綺麗《きれい》になった客室へと入り——僕は足を止めて肩を落とした。

「なんでいるんですか、アリナさん」

部屋の奥に置かれたベッドの上には、アリナさんが寝転がっていた。新しいカバーに取り換えられたであろう枕を胸に抱きしめ、遅いと言わんばかりにムスッとした表情を僕に向けてくる。そんな顔をされる謂《いわ》れはないんですがね。

「食べたらさっさと部屋に来る」

「食後のお茶くらいゆっくり飲ませてくださいよ。あと、ここは僕の部屋なんですけど？」

「レイズの部屋なら私がいても、問題も違和感もない」

「どういう理屈ですか……」

多少は抵抗の言葉を連ねつつも、結局執務室と同じで諦めている。僕の部屋なら、エルトさんもアリナさんも、皆普通に入ってくるからね。慣れたものだよ。

「大体、そのベッドは僕が使うんですよ？」

「私が寝転がったら嫌なの？」

「嫌じゃないですけど、いいのかなって。自分が寝転がったベッドを男が使うんですよ？」

「女々しい。私は気にしない」

「なら、いいです」

アリナさんが気にしないというのなら、僕がとやかく言うことではない。

部屋のソファに腰を下ろし、僕はアリナさんに問うた。

「実際に農業地帯に行ってみたわけですけど、何かわかりましたか？」

「休息の間も、考察？　真面目ね」

「茶化さないでくださいよ。その話をするために、僕の部屋に来たんでしょう？」

「……察しのいい後輩」

身体《からだ》を起こしたアリナさんはベッドの端に座った。

「正直、何とも言えないかな」

「と、言いますと？」

「原因の特定まではできていない」

アリナさんは悔しそうに顔を顰《しか》めた。保有する占有魔法の特色として、彼女は土地や植物に関しては誰よりも詳しいと僕は思っている。エインさんが相手でも、余裕で議論することができるくらいには知識を有しているのだ。

密《ひそ》かに魔法を使って調べていたようだけど、それでもわからなかったのか。

覇気のない声が響く。

「植物が枯れる原因は幾つかある。水不足、土の養分の枯渇《こかつ》、日光に当たり過ぎ、病気の

感染、根腐れ。植物はデリケートだから、ちょっとした環境の変化で死んでしまう」

育つような環境が整っていなければ、どれだけ待っても植物は育たないということか。植物、というか作物が芽を出し、生長する整った環境を作っている農家の人たちは、本当に凄《すご》いと思う。

けれど、とアリナさんは続ける。

「今日見てきた枯れた作物たちは、それらの全てに当てはまらなかった。だから、ちょっと頭を悩ませているの」

「当てはまらなかった？」

「土の中には水分も、養分も豊富にあった。この季節の作物だから、日光の当たり過ぎってこともない。病気も、根腐れも確認できなかった」

「害虫の大量発生とかは？　農薬を使っていないと、そういうこともあると思うんですけど」

「一度に大量の葉が齧《かじ》られでもしない限り、虫が原因で枯れることはない。なにより、枯れた作物にいたのであろう虫も地面に落ちて、息絶えていた」

「食料がなくなったから、餓死したんですかね」

「それにしては、やせ細っていなかった。それどころか、今まで作物をたくさん食べて、栄養を体内に蓄えてあったんだと思う」

話がややこしくなってきた、というか、頭がこんがらがって訳がわからなくなっている。

農業地帯の作物が枯れるだけならまだしも、そこに棲《す》み着いていた虫まで死滅するなんて常識じゃ考えられない。一部の作物が枯れてしまったのなら、エフェルの近くにある、まだ無事な作物の元へ移動すればいいだけの話だ。でも、その場で息絶えてしまっているなんて……。専門家でもない僕には、考察することすら難しい。

「作物が枯れた原因も、虫の死因も今はわからないまま、ってことですね」

「現状はね。ただ、こうして奇妙な点を見つけることができたし、そこから色々と予想を立てることはできる」

「微々たるものではありますが、進展はあったということですか」

「そういうこと。レイズ」

「？　……あぁ、はいはい」

アリナさんが戸棚に置かれたティーポットを指差し、僕の名前を呼ぶ。

それが意味すること――会議をするから、紅茶を淹《い》れろ、という命令だ。殲滅《せんめつ》兵室では会議の時、必ず紅茶を飲みながら、というルールがある。作ったのは僕。何も飲まずに会議なんて難しいことをやっていられるか、ということ。ここが執務室なら、更に焼き菓子が追加される。無論、それは僕が食べるために買っておいたものだ。毎度アリナさんかエルトさんが勝手に持ち出してくるのだけど、もう酷《ひど》いとか言うのもやめた。何を言っても無駄だから。

魔力加熱式ポットでお湯を沸かし、茶葉の入ったポットにお湯を注いで蒸らしてから紅茶をカップに注いだ。

「どうしますか？」

「ミルクと砂糖を多めにお願い。頭を使うから、甘くないと」

「了解」

ご要望通りに仕上げ、アリナさんへと差し出す。彼女が一口含んで一度頷いたことを見届けて僕もカップに口をつけた。何も入れない、ストレートの紅茶だ。

「……で、明らかな異常事態ですけど、アリナさんはどんな予想を？」

紅茶を淹れさせたのだから、恐らく彼女なりの考察はできているのだろう。普段は眠そうにしているけど、異様に頭の回転が速いことは僕も理解している。

アリナさんは対面のソファに移動してから、口を開いた。

「……育つ環境は十分に整っている。内的要因が関係するとは考えにくいから、外的要因が関係している可能性が高い」

「外的要因、ですか」

「そう。例えば、誰かが作物を枯れさせる薬を撒《ま》いたとか」

人間が介入しているということか。確かに、それならば説明もつくだろうけど……ちょっと考えにくいかな。

「あれだけの広範囲に除草剤を散布する術がありますかね。それに、もしそうなら土の中に薬の成分が混じっているはずですし、アリナさんがすぐに気づくと思うんですよ」

「確かにね」

「あれだけの範囲に散布するとなると、とてつもない薬の量になると思いますし、それを誰にも気づかれることなく保管しておく場所があったのかどうか。運び出す手段も然《しか》り、現実的ではありません」

農業地帯では、一ヵ月程前から徐々に作物が枯れていったという。もしも薬を使ったというのなら、散布する範囲を広げていったということ。でも、作物の中には夜に収穫する種もあるため、昼でなくとも農家の人がいることがある。誰にも気づかれずに広範囲に散布するなど不可能に近い。

「複数犯という可能性もあるけど、この方法は穴が多すぎるし、多分ない」

「となると、残る可能性は——」

アリナさんの言葉に、僕は頷《うなず》きを返した。

人の手ではなく魔法によって薬を散布、もしくは作物を枯らす魔法の使用。それならば、短時間で実行することができる。そんな魔法は聞いたことがないけど、可能性としては一番高いんじゃないだろうか。僕らが知っている知識が魔法の全てではないし、未知の魔法は世界中に幾つも存在しているとは、前から言われていることだからね。視野を狭めるのは、自分の首を絞めることと同義。

魔法と同じように、魔獣の線も捨てることはできない。ただ、今日の調査では原因らしい魔獣の姿は確認できなかったので、可能性は低そうだ。

「悪意を持った人間の仕業。これは、可能性の一つとして頭の片隅に置いておく。確証はないから、あの植物学者に言うのもなし。あくまで私たちの中で留《とど》めておくこと」

「魔法と魔獣」

「信用してないんですか?」

対面した時からそうだったけど、アリナさんはエインさんを全く信用していない。いや、僕も完全に信用しているかと聞かれたら、していないと答えるけど、少なくともアリナさんよりは信用しているかな。同じくらい、警戒もしているけど。

「僕の威圧に、何も反応しなかったことには違和感を覚えましたけど、それ以外は特に際《きわ》立《だ》って怪しい部分は見当たりませんでした。ロイドさんとも、親密にしているようでしたし」

「……そうかもね」

「？　何か思うところが？」

「別に。ただ、私の好みじゃない」

「それは知りません」

関わる人全てがアリナさんの好みの男性なわけがないだろう、というか、この人にも好きな異性のタイプとかあったんだ。いつも眠そうで、他者に対して大した関心を向けない。色恋沙汰とは無縁の人だと思っていたんだけど痛い痛い痛い。

「変なこと考えたでしょ？」

「なんろほへふは（なんのことですか）」

隣に飛び移って僕の頬を抓《つね》るアリナさんの顔には、嗜虐《しぎゃく》的な笑みが。最近、頬を弄ばれる機会が増えた気がする。

白を切っていると、アリナさんは僕の頬から手を放し、代わりに指先で僕の額を突いた。

「うっ」

「あんまり失礼なこと考えない。レナ様にも注意されたばかりでしょ」

「ごめんなさい。というか、なんでこっちの思考がわかるんですか」

「女の勘」

「恐ろしい武器を持っているものですね……」

余計なことは考えないようにしないと。リシェナ様の心眼《しんがん》と同じくらい、厄介なものだよ。ある意味嘘《うそ》を見抜かれる以上のプレッシャーだ。

「とりあえず……話を戻しましょう。第三者の介入を視野に入れる、でしたね」

「この前も妙な事件があったばかりだし。はぁ、こう立て続けにあると、気が滅入る」

「そんなことも言っていられませんよ。この前の事件というと、王女殿下誘拐未遂事件のことですか。あれも、まだ解決していませんからね」

数日前の事件を思い出す。まだアルセナスに魔法を施し、操っていた黒幕は見つかっていない。精神支配魔法が解かれた影響なのか、彼はまだ目を覚ましていないのだ。ヘレンさんが治したのはあくまで外傷だけなので、精神的な面は待つしかないとのこと。

それはそうと、僕もあの事件で大怪我《けが》を負ったんだけど、その数日後にこうして新たな厄介ごとの渦中《かちゅう》に放り込まれるって、扱いが雑を通り越して酷すぎないかな。怪我は治してもらったし、これも任務だから仕方ないんだけどさ。

「関連、あるんですかね」

「わからない、でも、ないとは言い切れない」

「それが一番不安になりますね」

でも、だとしたら誰が何の目的で？　王女殿下を狙った後、エフェルに標的を変えることがそもそも不自然極まりない。関連性はないかもしれないし、あるかもしれない。憶測でしか物事を考えることができない今、できることは眼前の問題に対処することだけだ。まだ人の仕業だと、決まったわけじゃないんだけど。

「頭痛くなってきた。本来、考えるのはヘレンの仕事なのに」

「僕も知恵熱が出そうですね。見えない物を摑《つか》もうとするのは、想像以上に疲れるものだと実感しましたよ」

「……ちょっと寝る」

そう言ってアリナさんは僕のベッドに再び寝転がり、そのまま目を閉じて寝る姿勢へ移行した。

「いやちょっと待ってくださいよ」

流石《さすが》に見過ごせない、と僕はベッドへと歩み寄る。本来僕はすぐにでも眠るつもりだったんだ。それを止められ、尚且《なおか》つ寝床まで強奪されるなんて許容できません。普段なら仕方ないと許したかもしれませんが、今日ばかりはそうはいきません。

「寝るなら自室に行ってください。そこは僕が使いますから」

「戻るの面倒。いいでしょ、減るものじゃないし」

「減ります。僕の眠るスペースがなくなります。面倒くさいって隣じゃないですか」

「時間が惜しい。私は一刻も早く夢の世界に旅立たないといけないの。先に行くから、後から追いついてきなさい」

「僕も眠いんだから、さっさと帰ってください！」

「しょうがないなぁ」

言い続けると、アリナさんはそう言ってもそもそと起き上がる。おぉ、今回は言うことを聞いて部屋に戻ってくれるのか？　我儘《わがまま》放題のアリナさんにしては珍しい。けど、これで僕も仮眠することが――。

「あの、アリナさん？」

「なに」

「いや、なにじゃなくて。なんで僕の腕を摑んでいるんですか」

部屋に戻ってくれると思っていたけど、その期待は儚《はかな》く散った。

「スペース空けてあげるから、一緒に横になればいい」

アリナさんの手にぐっと力が込められたけど、僕はそれに抗《あらが》う力を込めた。

「待って待って待って！　なんで一緒に寝るんですか⁉」

「最初からこうすれば何の問題もなかった。一つのベッドを二人で使えば、それでいい」

「どういう発想ッ⁉　しっかりと節度を守ってくださいよ！」

「ただ眠るだけなのに、レイズは何を言っているの？　そういうことを期待しちゃうお年頃？　してほしいなら相手してあげても……怠《だる》いからやっぱなしで」

「期待してません！　アリナさんは力が強いから、寝ている間に僕の骨が折れるかと思うくらい締め上げてくるんですよ！」

「そんなの知らない」

「そりゃ貴女《あなた》は寝てますからね！」

これ以上言い合っても埒《らち》が明かない、と判断した僕は何とかアリナさんの手から逃れ、扉に向かって歩きだす。

「じゃ、僕はアリナさんの部屋を使いますよ。気にしないのなら、構いませんよね？」

「いいけど、変なことはしないように」

「寝るだけですよ！」

ひらひらと手を振るアリナさんを軽く睨《にら》み、深い溜息《ためいき》と共に部屋を後にした。ただ眠るだけでここまでのハプニングが起こるものかな。神様は僕に嫌がらせでもしているんじゃないだろうか。退屈するよりは、幾分かマシなのかもしれないけど、それでも結構疲れる。充実した日常なんだとは思うけどさ。

閉じた扉に背を預け、天井を見上げる。

考えることも、やることも山積みの状態。忙しいのはいつものことだけど、ここまで頭を抱える事案は今まで経験したことがない。責任は重いけど、解決しないと僕らの生活にも関係してくるからな。泣き言は言わずに、自分のやれることをやろう。ま、エインさんが農業地帯に行く時の護衛くらいしか、僕にできることはないけど。土地とか作物のことは一切わからないし。

漏れ出た欠伸《あくび》を噛《か》み殺し、アリナさんの部屋で眠ろうと足を向けた時。

「……」

視界に入った光景……いや、人物に思わず頬を引き攣《つ》らせ、動きを止めた。

これは、あれだ。最近よくある――視線が気になる、あの状況です。

「……リシェナ様」

「――ッ」

僕が名前を呟《つぶや》いた途端、曲がり角から顔を半分だけ出して僕を見ていた人物――リシェナ様は肩を震わせ、「大丈夫、大丈夫」と胸に手を当てて呟いた後、ぎこちない様子で僕の前までやってきた。赤らめた頬は、昨晩のように酔っているわけではなさそう。

「こ、こんにちは、レイズ様」

「ええ、こんにちは。二日酔いになっていないようで、何よりです」

昨晩のことを思い出し、くすりと笑いながら僕がそう言った瞬間、リシェナ様は湯気を幻視してしまう程顔を真っ赤にし、両頬を両手で挟み込んで俯《うつむ》いてしまった。

「そ、その……さ、昨晩は大変、ご迷惑をおかけしました！」

顔を上げようと努力はしているものの、昨晩の酔った状態のことを思い出して目を合わせることができないみたいだ。リシェナ様は記憶がしっかりと残るタイプのようだし、今は悶絶《もんぜつ》寸前といったところ。

「迷惑なんかじゃありませんよ。ただ、あまり人前でお酒は飲まない方がいいですね。可《か》愛《わい》らしいことは確かですけど、手を出そうとする輩《やから》が現れかねませんから」

「うぅ……普段は滅多に飲まないので、大丈夫です。昨日は、その、本当に偶々《たまたま》……で」

段々と声が小さくなっていくのは、やっぱり昨日の記憶を引きずっているからだろうね。この反省を生かして、今後はお酒の量を調整してくれることを願うよ。

「ところで、今日はどうされましたか？」

「その、レイズ様に昨晩の件を謝りたくて来たんです。酔っていたとはいえ、失礼なことをしてしまいましたから。それで、レナに部屋の場所を聞いてきたんですけど……」

「直前になって、恥ずかしくなってしまったと」

リシェナ様は無言で頷《うなず》いた。

気持ちはわかる。僕もその立場なら、部屋の前で立ち尽くしてしまう自信があるからね。しかも恥ずかしいことをしてしまったと自覚しているなら尚のこと。

「僕は大丈夫ですから、気にすることはありませんよ。まぁ、少し寝不足ではありますが、今から仮眠を取らせていただきますので」

「仮眠、ですか」

「ええ。今日は土地の専門家の方が採取した植物などを解析するので、僕らはやることがないんです。なので、少なかった睡眠時間の補塡に充《あ》てようと」

多分ベッドに入ればすぐにぐっすりと眠ることができるだろう。今、こうしている間も若干寝ぼけているような感じだし。頭が回っていないのを自覚しているよ。

再び漏れ出た欠伸を何とか堪《こら》え、早々に失礼しようと頭を下げかけた時、まるで名案を思いついた学者のような表情で、リシェナ様は言った。

「でしたら、私が安眠できるようにお手伝いしますね！」

「あぁ、それは是非――え？」

え？

第八話　天使の膝枕

「えっと……リシェナ様？」

アリナさんが使っている客室。その奥に置かれたベッドを注視し、僕は困惑を隠すことなく、寧《むし》ろ全面的に押し出しながら言葉を連ねる。眠気で回らない頭を必死に動かし、この状況を整理しながら。

「どうしてそこに座っておられるのですか？」

視界に映るベッドの上。

その中央には、正座をして僕をじっと待っているリシェナ様の姿が。

いや、連れ込んだとか勘違いはしないでほしい。僕はただ、王女殿下という身分の方をいつまでも廊下に立たせているわけにはいかないと思って、中へと招き入れただけなんだ。

リシェナ様がベッドの上にいるのは、部屋に入ってすぐに彼女が自分でそこに行ったのであり、僕が無罪放免であることは間違いない。

そもそもリシェナ様が何をするつもりなのか、僕ですら見当がつかないのだ。

「ふぅ……よし」

胸に手を当て呼吸を整えたリシェナ様は、何かの覚悟を決めたかのようにそう呟き、満面の笑みを浮かべて僕に向けて両手を広げた。

「さ、さぁ、どうぞ！」

「…………」

あまりにも唐突な展開に頭がついていけず、僕はその場で固まった。淑女である彼女がこんなことをするなんて、もしや変な食べ物でも食べたのではないか？　いや、もしくはアルセナスのように精神に干渉する魔法をかけられた、とか？

なんにせよ、異常事態であることは間違いない。

「魔法医に診てもらいましょう。王国には優秀な医者が揃《そろ》っていると聞いていますから、きっと何が原因なのかを調べてもらえるはずです」

「わ、私は正常です！　何も悪いところはありませんよ！」

「いやしかし、普段のリシェナ様はこういったことを自分から言い出すような性格ではありませんし……。精神干渉系魔法が作用しているのか、もしくは錯乱作用のある植物を摂取してしまったのか」

「考えすぎです！」

リシェナ様は叫ぶように僕の言葉を遮り、次いでもじもじと指先を合わせて僕から視線を逸《そ》らした。

「その、レイズ様は私のせいで寝不足になられたん、ですよね？」

「いや、どちらかというとレナ様のせいかと」

「と、とにかく、私はそのお詫《わ》び、と言ってはあれですが、ぐっすりと眠ることができるように膝枕をしてあげようと思ったんです」

「どうして膝枕という結論にたどり着くんですか……」

「以前、オルトロスを倒した後にしてあげたら、気持ちよさそうにしていたので」

「……」

否定できない。けど、あの時は魔獣を倒したり大技を使ったり、色々と気持ちが昂《たかぶ》っていたから恥ずかしさがなかったけど、今は――ちらり、とリシェナ様の膝に視線が向く。

駄目だ、今からあそこに頭を載せると考えると頬が熱くなる。

けどリシェナ様は、何と言われようとも意思を曲げるつもりはなさそうだ。

「その、リシェナ様も恥ずかしいでしょう？　あんまり無理はしない方が……」

「私のことは気にしないでください」

「でも……」

王女殿下にそんなことをさせるわけには。と言おうとした時、リシェナ様は膝の上で拳を握り、上目遣いで僕を見つめ――。

「もう……レイズ様が頷いてくれるまで、帰りませんよ？」

……ここまで言われて、断れる者がいるのだろうか。

王女殿下からの要望という点を無視したとしても、可愛い女の子がこんなことを言うのならば、男は黙って首を縦に振るしかない。不敬とか、この際考えるに値しない。

倫理観？　うるせぇ黙ってろ。

「……失礼します」

靴を脱いでベッドに上がり、リシェナ様の膝に頭を下ろす。枕とは違う柔らかさと温かみが感じられる。と同時に、以前は意識しなかった女の子の甘い香りとか、近くにいることで聞こえる息遣いとか、日頃感じない情報が一気に押し寄せてくる。心拍数は必然的に上昇。だけど、悪い気は全くしなくて、寧ろ心地いい。

「どう、ですか？」

「少し緊張しますね。でも、心地よさを感じています」

「ふふ、私も同じですね。ちょっとドキドキするんですけど、胸が温かくなってきて……

これが母性というものでしょうか？」

「僕に母性を感じられるのは少し嫌ですね。そこまで子供じゃないので」

「冗談ですよ♪」

上機嫌に返しながら、リシェナ様は僕の髪を優しく撫《な》でる。なんだか、心がむず痒《がゆ》い。

「護衛の人に見られたら、僕は殺されるかもしれませんね」

「そんなことしませんよ。レイズ様のことは知っていますし。勿論《もちろん》、私を護《まも》ってくれたことも」

どうやら、先日の事件以降信頼を置いてくれているみたいだ。なら、大丈夫、かな？

「アルセナスの実力は皆知っていましたから。操られていたとはいえ、彼に打ち勝ったレイズ様は皆が認めています。勿論、私は誰よりも信用していますよ」

「それは嬉《うれ》しいですね。ただ、あの戦いで自分の課題も見えてきましたし、まだまだですよ。沢山怪我《けが》もしました」

近距離戦はやっぱり向いていないと思い知らされた。だけど、そうも言っていられないし、これから訓練を積んで強くなるしかないな。どこまでやっても、殲滅《せんめつ》兵室の人たちみたいにはなれないとはわかっているんだけどね。

「……事件からまだ日が浅いのに、今度はエフェルの危機に対処、ですか。レイズ様のお身体《からだ》が心配になります」

「一応、治してもらったので大丈夫ですよ」

「怪我は治っても、疲労は抜けていないのではないですか？」

「そんなことは——」

言いかけ、リシェナ様の瞳が黄金色に変わっていることに気が付く。嘘《うそ》を見抜く彼女の占有魔法が今、僕に向けて使われていた。やれやれ、安心させるための嘘も駄目ってことか。

諦め、僕は苦笑を漏らした。

「すみません。やっぱり、疲れは多少残っていますね。でも、十分に眠っていますし、動けないことはないんですよ」

「レイズ様の扱いが酷《ひど》い気がします」

「宮廷魔法士は皆こんな感じですよ。人手が足らないので、毎日遅くまで残って仕事をしていますし。王都に来て数ヵ月ですが、もう慣れちゃいました」

「業務を減らすように、お父様に言ってみましょうか」

「ありがたいですが、それだと仕事が回らなくて色々なところで不都合が出てきます。結局、現場の僕らがやるしかないんですよ」

これは王宮だけじゃなくて、何処《どこ》の組織でも同じだと思う。結局は現場任せ、現場で何とかしないといけない。社会の闇ってやつだね。

リシェナ様はもどかしさを感じているのか、溜息《ためいき》を吐《つ》いて僕の頬に手を触れさせた。

「無理だけは、しないでくださいね？」

「どちらかというと、それはこちらの台詞《せりふ》ですね。リシェナ様も、身体に負担がかかるようなことは控えてください。一日中エフェルの家々を回るなんて」

「そ、それは大変な思いをしている方々を元気づけようと――」

「民も気持ちはありがたいと思っているでしょうけど、それで貴女《あなた》が体調を崩されることは望んでいないはずです。それは、僕も同じですからね」

「……わかりました。少し、自重することにします」

「そうしてください」

心拍数が正常値に戻ると同時に、先ほどまで消えていた眠気が一気に襲ってきた。目を開いておくことができず、僕は瞼《まぶた》を閉じて耳だけをリシェナ様に傾ける。会話をしている内に、いずれ眠ってしまうだろうね。

「レイズ様も、ご自身の身体を労《いた》わってください。ご家族が心配されます」

「それは……勘弁ですね。妹は怒ると怖いですから」

村に残してしまった妹は、今頃どうしているのかな。一応使い魔で手紙は送っているけど、黙って出ていった……いや、連行されたことは怒っていると思う。あぁ、どのみち会ったら怒られるのは確定か。理不尽な。

「妹さんがおられるのですか？」

「血は繋《つな》がって、いませんけどね。僕らは二人とも、森で拾われた孤児なんです。村に子供は僕らしかいませんでしたから、兄妹《きょうだい》、と」

「……」

「……最初は、妹の方が先に村にいたので、自分がお姉さんだって言い張ってたん、ですけどね。僕の方が年上、だったので、僕が兄になったんです。思えば……森で僕を見つけたのも、あの子でしたね」

当時の記憶を思い出して懐《なつ》かしんでいた時、僕は限界を迎えて眠りに落ちる。

その際、リシェナ様が何かを言っていたような気がしたけれど、残念ながら聞き取ることはできなかった。

「寝てしまいましたか？」

私の膝の上で目を閉じるレイズ様からの返事はなく、代わりに聞こえてきたのは穏やかな寝息だけ。あどけない寝顔は女の子みたいで、凛々《りり》しい時とのギャップが感じられる。

考えてみれば、レイズ様は夜遅くまで王宮にいることが多くて、朝も日が昇る前に別館の屋上に出向いているし……激務が過ぎるのでは。

「んぅ……」

「……ふふ」

可愛《かわい》らしい寝顔で唸《うな》ったレイズ様に、思わず笑みが零《こぼ》れる。一体どんな夢を見ているのかな？　可能なら楽しい夢で……私が出てきていると、嬉しい。こうして膝枕をしていることだし、その可能性も零《ゼロ》ではないと思う。夢の中で、前みたいにデートして、いっぱい美味《おい》しいものを食べて、綺麗《きれい》な景色を見て回って。夢の中だけでも、現実を忘れて楽しんでほしいと思う。色々なことが立て続けに起きて、気疲れもしているはずだし。

「可愛いなぁ」

寝顔は無防備で年相応というか、綺麗なお顔をしているから可愛らしく見える。

艶《つや》やかな髪に白くて滑らかな肌。身体もそこまで大きくなくて、リップも塗っていないのに柔らかそうに光る唇は男の人ではないみたい。でも、捲《まく》られた袖から覗《のぞ》く腕は男の人のそれで。こうして至近距離から見ることで、普段は気づかないレイズ様の魅力に、たく

さん気が付くことができる。

でも、私が一方的に知ることができるのは、そこまで。彼が持つ過去や私には見せない部分は、知ることができない。

それが、もどかしくてならない。

もっとレイズ様のことをたくさん知りたい。一緒に色々なことを共有したい。もっと、一緒の時間を過ごしたい。待ち続けることしか、私にはできないけれど……願っていればいつかは叶《かな》うと信じて、私は祈り続ける。この幸せな時間が、当たり前になる日が来ることを信じて。

と、レイズ様の寝顔を見つめていた私は、彼の唇に視線を落とした。瑞々《みずみず》しくて、柔らかそうな唇に。微《かす》かに開かれたそこからは息が出入りする規則正しい音が聞こえてくる。

そこを見つめている内に、私の身体は段々と前傾姿勢になっていき——って。

「何をしているの私は‼」

ギリギリのところで自制心を取り戻した私は、慌てて姿勢を戻す。駄目に決まっているじゃない！　い、幾らレイズ様が無防備に寝ているからって、寝込みを襲うなんて……今しがた自分が行おうとしていた行為を思い返すだけで恥ずかしくなる。それと、罪悪感も湧いてきた。越えてはいけない一線を、欲望の赴くままに踏み越えようとしていたなんて、王女としてあるまじき行い。

……言い訳ができるのなら、私の前で魅力的な寝顔を晒《さら》しているレイズ様にも非が……ないか。強引に寝かせたのは私だし、彼の唇を奪おうとしていたのも、私。一線を越えなくて本当に良かったと思うけど、彼が起きるまでもやもやした状態が続くと考えると、ちょっと辛《つら》い、かな。生殺しってこういうことだったのね……。

「……」

無言で、私はレイズ様の髪を撫でた。

彼はまだしばらく起きないはず。眠ったばかりだし、少しの物音にも気づくことはないと思う。私がこうして髪を撫でていても、起きる気配は見せないし。

私は一度周囲に視線を巡らせ、誰もいないことを確認。

ごくり、と喉を鳴らし、私は自分の唇に右手の人差し指を触れさせ――

「これくらいなら、いいですよね？　レイズ様」

――その指を、レイズ様の唇に押し当てた。

微かに湿った感触や、柔らかさが指先を通じて伝わる。背徳感とともに、心の中は充足感で満たされていくのを実感した。

唇同士を触れ合わせるわけにはいかない。だけど、指を介した間接的なものなら、許してくれてもいいですよね。

レイズ様の唇に触れていた指を、再び自分の唇に触れさせ、笑みを浮かべて呟《つぶや》く。

「――間接キス、です」

「……」

まどろみの中で目を開くと、視界に入ってきたのは茜《あかね》色に染まった室内だった。窓から見える空は夕暮れのそれで、もうすぐ夜が訪れることを示している。

寝起きで働かない思考の中で、僕は眠りにつく前の記憶を呼び起こす。

確か、眠ったのは昼過ぎぐらいだった気がするな。部屋でアリナさんと農業地帯の考察をして、それから確か――記憶が鮮明になってきた時。

「起きましたか？」

不意に鼓膜を揺らした声に、思わず硬直した。同時に、先ほどから気になっていた、顔の右側面に広がる柔らかくて温かい感触の正体を思い出す。そうだ、部屋の前でリシェナ様と遭遇して、そのまま二人一緒に部屋に入って……顔を天井側に向ける。

慈母のような微笑を浮かべたリシェナ様が、顔を覗き込むようにして僕を見下ろしていた。

「おはようございます。といっても、もう夕方ですけどね」

「夕方……ッ！」

飛び起き、僕は改めて窓の外を見た。

あぁ、やってしまった。ちょっと仮眠する程度のつもりだったのに、何時間も眠りこけてしまうなんて。荒療治になるけど、今夜は睡眠誘導魔法を自分にかけるしかないな。はぁ、あれ使うと倦怠《けんたい》感が残って、全く休めないんだけど。

「申し訳ありませんリシェナ様。長い間、膝をお借りしてしまって。お疲れでは？」

「途中で何度も姿勢を変えていましたから、大丈夫ですよ」

「でも、退屈だったでしょ？」

「そんなことはありませんよ？　レイズ様の寝顔が可愛らしくて、ずっと見ていることができましたから」

「お恥ずかしい限りです……」

何時間も寝顔を見られていたってことか。まぁ、膝枕してもらっていたから当たり前なんだけど、改めて考えると凄《すご》く恥ずかしい。けど、誰かが傍《そば》にいる状態で眠ったからなのか、不思議と身体は軽いし、よく眠ることができた。膝枕の効果は馬鹿にできないかもしれない。

「ぐっすり眠ることができたようで、何よりですよ」

「寝すぎですけどね。とはいえ、気持ちよく眠ることができました。ありがとうございます、リシェナ様。何かお礼をしたいのですけど……」

「お礼なんて。これは私が迷惑をかけたお詫《わ》びで――」

最後まで言い切ることなく言葉を止めたリシェナ様は口元に手を当て、考え込む素振りを見せる。お願いしたいことでもあるのかな？　かといって、無理なことを頼まれても首を縦に振ることはできないけど。可能なことなら、できる限りしてあげたい。

数秒程そうした後、リシェナ様は一度頷《うなず》き、口を開いた。

「でしたら、今日の夜、一緒に屋敷《やしき》の庭を散歩していただけませんか？」

「……そんなことでいいのですか？」

「はい！　その、勿論《もちろん》、嫌でしたら断っても……」

自分でそんなことを言いつつ、リシェナ様は不安そうに僕を見る。そんな顔をしなくても、断るつもりはありませんよ。庭を散歩するだけなら、労力もかからないし、寧《むし》ろそんな簡単なことでいいのかと思ってしまうくらいだ。

僕はリシェナ様の片手を取り、両手でそれを包み込んだ。

「嫌なわけありませんよ。では今晩、お供させていただきますね」

「――っ、はい！」

第九話　白い花

　夕食を終え、月が空に昇り始めた頃。

　僕とリシェナ様は約束通り、屋敷の庭園を二人で散歩していた。エフェルは農家が多いだけあってか、栽培される作物の中には多種多様な花もある。これらは当然食べるものではなく、飾りつけや花壇で育てる目的で栽培されたものだ。食べられる花というのも、あるにはあるんだけどね。

「色んなお花がありますね。どれも綺麗で、王都では見られない物も多いです」

「もしかしたら、エフェルで栽培されている花は全て植えられているのかもしれませんね。この庭は相当広いですから、十分植えることができるはずです」

　王宮のものよりも広いこの庭は、半ば花畑のようでもある。多種多様、膨大な数の花が植えられ、そこかしこからいい香りが漂ってくる。手入れは大変だろうけど、手間をかける価値のある庭だと思う。

「沢山のお花に囲まれる生活って、何だかいいですね。王宮の庭園にも沢山植えてもらいましょうか」

「う～ん、いいことばかりではないと思いますよ？」

「どうしてですか？」

「例えば……」

ちょっとした悪戯《いたずら》心が働いた僕は、リシェナ様が触っている赤い花を指さした。

「先ほどからリシェナ様が触っている花のように、小さなアブラムシが無数に生息していたりして――」

「むし――っ」

僕が言った瞬間、リシェナ様は花弁に触れていた手を引っ込め、僕に詰め寄ってきた。

胸の前で拳を作り、抗議するようにムスッとしている。

「どうしてそういうこと言うんですか！」

「すみません、つい」

そこまでいい反応を貰《もら》えると思っていなかったので、謝りながらも笑いを隠すことができない。でも、実際リシェナ様が触っていた花の茎にはアブラムシが大量にくっついていた。これ以上は言わないけどね。

「で、どうです？　王宮の庭を花でいっぱいにしたいですか？」

「む、虫がたくさん寄ってくるのなら、やめた方がいいですね」

「僕もその方がいいと思います。綺麗《きれい》な蝶《ちょう》だけならまだしも、毒を持った蜂などが来ては……あれ？」

僕は前方――庭の中央に位置する場所に立つ人影を見つけ、足を止めた。執事服に身を包み、片手に白い如雨露《じょうろ》を持った男性の姿。あれは……。

「こんばんは、ロイドさん」

「ん？　あぁ、これは王女殿下。それに、レイズ様も」

水やりをする手を止め、ロイドさんは僕らの方へと振り向いた。彼が今しがた水をあげていた花壇には、見たことのない白い花が植えられている。

「お散歩ですか？」

「ええ。沢山の花が植えられている場所だったので、一度見て回ろうと。レイズ様にも付き添ってもらっているんです。この花は、何だか視線を吸い寄せられるくらい綺麗ですね」

足元に咲く、月光を全身に浴びて風に揺れる白い花を見た。何処《どこ》か儚《はかな》さを感じるというか、触れたらすぐに壊れてしまいそうなイメージを抱かせる花だ。

「これは月下《げっか》桔梗《ききょう》と言いまして、満月の夜にしか花弁を開かない花でございます」

「そんな特徴を持った花があるのですね。王都では見たことがありませんが」

「これはエフェルの固有種でして。外では流通していないのですよ」

「ここでしか見ることができない、ということなんですね」

満月の夜にしか開かない花弁を見ることができたのは、幸運なことだろう。タイミングが良かったというか、思わぬ拾い物をした気分だ。

「それにしても、ロイドさんがこの庭の花に水をあげているんですか？」

「いえ、私はこの月下桔梗だけですよ。この花は、実を言うと私の妻が持ち込んだものでして」

「あ、そういう——」

そこで、僕はあることに気が付き、思わず尋ねた。

「あの、奥様は……」

「残念ながら、数年前に」

「……すみません」

無粋なことを聞いてしまった。隣ではリシェナ様も、悲しそうな顔をしている。

ロイドさんは奥さんが育てていた花を、今も変わらず育て続けている、ということか。

少し、悲しくなってくる。

僕の謝罪に、ロイドさんは笑って許してくれた。

「お気になさらず。こうしてこの花を育てていると、彼女との思い出を忘れずに済むのです。明るくて、誰にでも優しい、私が出会った中で一番美しいと思えた女性と過ごした、かけがえのない時間を」

「亡《な》くなっても、愛情は変わらないのですね。素敵です」

リシェナ様はそう言い、月下桔梗を近くで見ようと膝を折った。どうやら、ロイドさんは怖い見た目とは違い愛情深い人のようだ。それと同時に、強い人でもある。愛する人を亡くしても立ち直ることができる精神力は、素直に称賛を送りたい。

けど、ロイドさんはそれをやんわりと否定した。

「私は強くはありません。今でこそ落ち着いていますが、妻を亡くしたばかりの頃はかなり荒れていましたね。妻が死に際《ぎわ》に遺《のこ》した言葉を聞き取ることができず、自分の無力さを紛らわせるために毎晩酒屋に入り浸り酒を呷《あお》り……あぁ、エイン氏とは、その時に知り合ったのですよ。自暴自棄になっていた私の話を聞いてくれまして」

「へぇ……」

エインさんも、正直酒屋に行かないイメージがあるんだけど、意外と酒好きなのかもしれないな。僕もいずれ……アリナさんに止められているんだった。止《や》めておこう。

「その時の縁で、こうして問題解決に協力してもらえているわけですから、人生わからないものだと実感しております」

「そうですね。まぁ、彼が解決の糸口を見つけてくれれば、万々歳なんですけど」

「そこは彼を信じるしかありませんね」

春風が少し強く吹き、花や木をざぁっと揺らし、音を立てる。花弁が幾つか宙を舞い、風に流され地に落ちた。その様子を目で追っていると、不意にロイドさんは呟《つぶや》いた。

「そういえば、妻と――シエラと初めて話したのも、こんな春の満月の夜でした」

再び如雨露で花に水をあげながら、語り続ける。

「月下桔梗を見つめている彼女に惹《ひ》かれ、声をかけ、段々彼女と一緒にいたいと思うようになった。今までの人生で何度か恋というものを経験してきましたが、あれほどまでに胸が高鳴ったのはシエラだけでしたね」

「……」

そんな、燃えるような恋と表現するようなことを経験したことがない僕とリシェナ様は、ただ黙って聞いていることしかできない。けど、自分たちよりも長い人生を送っている人の言葉として、真剣に耳を傾ける。女の子は恋の話が好きというか、リシェナ様は僕よりも熱心に聞いている気がする。

「教会で挙げた結婚式の時の、シエラのウエディングドレス姿は……申し訳ありません」

ロイドさんは涙が滲《にじ》んだ瞳を拭った。

「つい、つまらないことを話してしまいましたね」

「いえ、とんでもないです」

「愛妻家だったのですね。私も、しっかりと愛してくれる旦那さんに出会いたいものです」

「はは、お二人はまだ若いですから、きっと素晴らしい人に巡り会うことができますよ」

では、と言い残し、ロイドさんは僕らに背を向けて去っていった。

恋、か。生憎《あいにく》そんな経験は今までなかったし、彼の気持ちに共感することはできなかった。ただ、彼が本当に、心の底から奥さんを愛していたということは、しっかりと伝わってきたよ。同時に、未練が残っていることも。

誰かを愛する幸せは、僕には一生理解することはできないと思うけれど。

「レイズ様？」

「……いえ、なんでもありません。そろそろ戻りましょうか。少し寒くなってきましたし」

昼間は暖かいとはいえ、春先の夜は冷え込む。手の指先が冷たくなってきたことを感じながらそう提案すると、リシェナ様――ではなく、僕らの背後から声が響いた。

「あら、折角私が来たのに、その直後に戻るなんてつれないんじゃない？」

第十話　謎多き公爵令嬢

「こんばんは、レイズ。リシェナの膝枕は気持ちよかった？」

「ちょっ、レナ！」

リシェナ様が声を上げるが、その前に僕はレナ様に尋ねる。

「なんで知ってるんですか？」

「部屋の窓開けっ放しだったでしょ？　二人の様子は、庭を挟んだ向かいの廊下から丸見えだったわよ」

「――!?」

僕とリシェナ様は同時に頭を抱えた。何時間という間、廊下を誰も通過しないということは考えられない。つまり、レナ様を含め多くの通行人にその姿を見られていたということになる。うわ、何それ恥ずかしすぎる。今後すれ違う人の多くに「膝枕されていましたね♪」みたいな目で見られるってことだよね？　これからどういう気持ちで屋敷《やしき》の中を歩けばいいんだ……。

「レナ様」

「皆、微笑《ほほえ》ましいものを見たって感じだから、そこまで気にする必要はないと思うわよ」

「それなら、まぁ……」

「ただリシェナ～？　あれはちょっと大胆だと思うわよ？」

レナ様はそう言って人差し指を自分の唇に当てる。途端、リシェナ様は何故《なぜ》か慌ててレナ様に詰め寄った。

「れれれ、レナッ⁉　ま、まさか――ッ」

「フフ、貴女《あなた》もそういうことをするお年頃なのね。でも、直接いかなかったのは弱腰すぎじゃ――」

「わーわーっ！　何も知らない言わない喋《しゃべ》らないでっ！」

手を伸ばして口を塞ごうとしたリシェナ様の両手を摑《つか》み、上機嫌そうにレナ様は笑っている。何を言おうとしていたのかはわからないけど、あまり首を突っ込まない方がよさそうだ。リシェナ様、涙目になっているし。

「それで？　今日の調査で何か収穫はあったのかしら？」

「……申し訳ありません。現状では、何とも」

「そう。あぁ、別にレイズが謝る必要はないわよ。悪いのは、農業地帯をこんな風にした黒幕なんだから」

「お気遣い──は？」

今、何と言った？

「ん？　何を呆《ほう》けているの？　貴方《あなた》たちだって、今回の現象……いえ、事件が何者かによって仕組まれたことだって、結論は出ているんじゃない？」

「いえ、確かに疑いは持っていましたが」

それは僕とアリナさんが二人で話し合った結論だ。人か魔獣の外的要因によって引き起こされたことである可能性が高い、と。その後すぐに僕らは眠りについたので、誰にも話していないのだ。それを、どうしてレナ様は……。

困惑している僕を見てか、レナ様は呆《あき》れ交じりに言った。

「あのね、アリナ様が持つ大地干渉の魔法で原因が特定できなかったのなら、自然に起きた現象ではないことがわかるでしょう？」

「な、なんでアリナさんの占有魔法まで……。占有魔法に関しては、貴族であっても知る人は限られるのに」

一体この公爵令嬢は、どれほどの情報を手にしているのだろうか。ただ目を合わせているだけなのに、心の奥底まで見透かされているように思えてくる。彼女は一体……。

「レナは昔から、色んなことを知っていましたけど」

「これは物知りという言葉で言い表すことはできません。情報を集めるパイプがあるとは聞いていますが。レナ様、貴女は……」

「……」

しばらくの沈黙を作ったレナ様は、やがて肩を落とし、僕の問いに答えることを拒否した。

「悪いけれど、私にも事情があるの。それには答えることはできないわ。当然、リシェナのお願いでもね。けど、いずれは貴方が答えを得る機会があるかもしれないわ」

「……わかりました。詮索はやめておきましょう」

話すことができないなら、仕方ない。僕にだって話すことができない秘密はある。だから、詮索はしない。気にはなるけどね。

「ちなみに、僕のことはどこまで？」

「残念ながら、貴方に関する情報は少ないわ。遠距離魔法の達人で、オルトロスを一撃で屠《ほふ》る魔法を持っていることは知っているけど……その他の情報がねぇ」

それを聞き、僕はちらりとリシェナ様を見やった。

僕の占有魔法である八星矢《はちせいや》は、以前彼女に説明した。リシェナ様の占有魔法である心眼《しんがん》を教えてもらったお礼として。

レナ様とは親しくしているし、てっきり話していると思ったけど、どうやら彼女は言わないでいてくれたようだ。ありがたい。

レナ様は悔しそうに歯嚙《はが》みしていたけど、一度咳払《せきばら》いをし、改めて僕に身体《からだ》を向けた。

「ちょっと情報不足なところを見せてしまったけど、情報通の私から一つ忠告よ」

彼女は人差し指を立て、それを僕の眼前に突き出した。

「警戒を怠らないこと。恐らく、黒幕は既に行動を開始しているはずよ。ここまで農業地帯を滅茶苦茶《めちゃくちゃ》にしたんだから、それを元に戻そうとする貴方たちを、黙って見ているはずがない。近いうちに、何か大きなことを起こすわ」

「……わかりました」

まだ敵がいると決まったわけではないんだけど……いや、やめよう。アリナさんとの話し合いもしたし、レナ様もこう言っているんだ。もう、認めないわけにはいかない。

絶対に、何者かが裏で手を引いている。

◇

『――と、恐らく彼らは今回の件に裏の存在がいると推測していることでしょう』

とある宿屋の一室。

通信石から発せられる声が、暗闇が広がる室内に反響する。

『彼らは裏で手を引いている者を見つけ出し、始末しようとする。が、ここで計画を邪魔されるわけにはいかない。彼らが動く前に、逆にこちらが始末してしまいましょう。君の魔法なら、できるはずです。いけますか？』

「問題ない」

口元を歪《ゆが》ませ、舌なめずり。

カーテンを開き、見えた月を見上げ、俺は懐《ふところ》から数枚の紙を取り出した。

「既に優秀な素材は見つけ出している。後は——生み出すだけだ」

第十一話　恐怖を生む悪意

木造の壁や椅子がお洒落《しゃれ》な店内に、レトロチックな音楽が流れる、薄暗いバー。

店内にいる客は、しがない農民の私一人。マスターは酒を補充しに、裏に引っ込んでしまった。

カウンター席に腰掛けた私は、先に注文しておいたウイスキーの入ったグラスを舐《な》め、一息。

仕事終わり、こうして静かに一杯やるのが日課でもある。最近は農作物の育ちが悪く、家に帰っても妻との折り合いも悪い。

この酒を飲む一時が、私の日々の楽しみでもあった。

グラスに入った琥珀《こはく》色の液体を回し、カランと氷のずれる音を立てる。照明を内で乱反射させたそれは、まるで宝石のように美しい。

しばらく眺め、口をつけようとグラスを持ち上げる。と。

「失礼」

こちらに声をかけられ咄嗟《とっさ》に顔を上げると、立ち並んだ酒瓶の前に、一人の男が立っていた。中肉中背、全身を黒い外套《がいとう》で包んだ、見るからに怪しい男だった。おかしいな、店内には私一人しかいなかったはず。それに、彼が立っているのは店員が立つ場所だ。もしかして、新しい従業員か？

「貴方は、死を望んでしまう程の恐怖に襲われたことはありますか？」

私の疑問を知らず、男は突然そんなことを聞いてきた。その質問にどんな意味があるのかはわからなかったが、程よく酔いが回っていた私は何とはなしに答えた。

「恐怖体験ってのは何度かあるが、死にたくなる程ってのはねぇな」

「なるほど。そこまでの絶望を味わったことはない、と」

「そういうことになるな。なんでそんなことを聞くんだい？　というか、あんたは――」

その時、男は私の言葉を遮って叫んだ。

「素ぅ晴らしいッ！　恐怖を体験したことがない、まだ新品同然の心だなんて、俺は本当に運がいいみたいだッ！」

狂気じみた笑みを浮かべた男は懐から一枚の紙を取り出し、それを私の額に張り付けた。

な、なんだ、剝がそうにも、紙自体が引っ付いてくるようで離れない！

「お、おい、何を――ひっ！」

「恐怖を喰《く》らえ、狂乱虫」

男が口を弧の字に曲げながら呟《つぶや》いた瞬間、背筋が凍るような感覚が襲った。

どう表現すればいいのかはわからない。寒くて、熱くて、辛《つら》くて――とてつもなく、怖い！

堪《たま》らず椅子から転げ落ち、その場に頭を抱えて蹲《うずくま》る。そうしたところで意味はないどころか、先ほどよりも恐怖心が増幅しているように感じた。

「あ、が……何、を――」

「今、最高の表情をしていますよ？　貴方」

私の傍《そば》で膝を折った男は、舌なめずりをしながら私の頭を鷲掴《わしづか》みにする。痛い、だが、それ以上に恐怖心が膨れ上がった。

「段々と増大する恐怖心に、言葉も出ないでしょう？　この額に張り付けた紙は、俺の魔法である狂乱虫というもの。張り付けた相手の精神をかき乱し、恐怖心を際限なく増大させていく。そして、極上の恐怖になった時、それを喰らい進化するのだ」

「お、前は……」

「そんなことはどうでもいい。貴方はこれから三日間、ここで狂乱虫のために恐怖を生産し続けるのです。あぁ、勿論《もちろん》その後は虫に食われることになりますが」

「……」

絶望した。三日間もこの得体のしれない恐怖心を味わい続け、最後には食われる……そんな、そんな……そんなっ！

「ひひひッ！　そう、その顔ですッ！　それそれそれそれそれそれッ！　絶望と恐怖に塗りつぶされた表情、最高ですよ！　薬品で固めて部屋に飾っておきたいくらいだッ！」

段々と薄れていく意識の中、男の猟奇的な笑い声が響く。

そういえば、酒の補充に行ったマスターはどうしたんだろう。この男は、バーカウンターの中から姿を現したんだが……。

「ん？　あぁ、ここのマスターですか？　ここに来たら丁度酒を補充していたのでね、ついでに狂乱虫の餌になってもらいましたよ。今頃は、貴方と同じように恐怖に震えているはずです」

「……」

それを聞いても、私はもう何も思わなかった。ただ、自分一人ではなく、同じ状態にある人が他にもいるのだと知って……少しほっとした。

もう身体に力を入れることもできない。私は床にうつ伏せに倒れ、ゆっくりを目を閉じる。内側からこみ上げる恐怖心には抗《あらが》いようがなく、全てを諦めるしかなかった。

「それでは三日間、我が虫のために十分な恐怖を生産し続けてください。良質な恐怖程、虫は強く凶悪になりますから、ね」

第十二話　休息日

翌日。

「申し訳ない。予想以上に解析に時間がかかっていまして……。今日一日、私は部屋から出ずに解析や考察をしますので、お二人はお休みになられてください」

朝食の席でエインさんは僕とアリナさんにそう告げ、食事も程々にして部屋へと戻ってしまった。

予想はしていたけれど、解析は難航しているようだね。アリナさんがわからなかったくらいだし、時間はまだまだかかりそうだ。

「急遽《きゅうきょ》休息を言い渡されましたけど、今日はどうしますか？」

隣に座っていたアリナさんは持ち上げたスプーンを皿の上に下ろし、顔を上に向けた。

「……私は少し調べることがあるから、農業地帯に向かう」

「何か思うところがあるんですか？」

「ちょっとね。気になるというか、確認作業？」

何の確認作業なのかは……まだ駄目みたい。アリナさんの中でまだ確信が持てていないことなのか、はたまた話す程のことじゃないと思っているのか。どちらにせよ、アリナさんが確証を得るまで僕は教えてもらえない。

「とりあえず、農業地帯ですね。この後すぐに向かいますか？」

「あぁ、私一人で行くからレイズは来なくていいよ」

「な、なんでですか。行くなら僕も一緒に――」

「別に大したことじゃないから、一人で行った方がいいの。それにレイズ、エフェルにあるお茶の専門店に行きたいって言ってたじゃん。折角オフになったんだから、この機会に行ってきなよ」

「そ、それはそうですが……」

エフェルは数多くのお茶を栽培していることでも知られている。確かに、是非とも行きたいとは思っていたけど……。

「先輩が仕事しているのに、僕は遊んでいるというのは、申し訳ない気持ちでいっぱいになると言いますか」

「真面目なんだから……」

呆《あき》れ交じりに言い、アリナさんは頬杖《ほおづえ》をついた。いや、一番下《した》っ端《ぱ》なんだし先輩が働いている時には働かないといけないものなんじゃ……僕がおかしいのかな？

「じゃ、命令ね。今日は好きに過ごしなさい」

「そんな命令初めてですけど……わかりました」

命令と言われたら頷《うなず》かざるを得ない。農業地帯がこんな状態なのに、本当にこんなにのんびりしていていいのだろうか。僕にやれることが少ないのはわかっているけど、お荷物扱いされている感じがする。

朝食を終えたアリナさんはすぐに支度を整え、植物の獅子《しし》を生み出し、建物の屋根から屋根へと飛び移って農業地帯へと行ってしまった。

「……仕方ない、行くか」

一人残された僕はやることもないし、アリナさんの言いつけ通り好きにすることにした。

念のためレイピアを腰に差し、任務ではないので私服姿のまま屋敷《やしき》の玄関から外へと出た――そのタイミングで、背後から近寄ってくる足音に動きを止めた。

大体の予想を立てながら振り返ると……やっぱりね。想像通りの二人がそこにいたよ。

「おはようございます。リシェナ様、レナ様」

「おはようございます、レイズ様」

「おはようレイズ。こんなに朝早くにお出かけ？」

普通に考えれば調査なんだろうけど、今の僕は私服だし、疑問に思うのは仕方ないか。

隠すようなことでもないし。

「エインさんの解析が終わらないので、今日はオフになったんですよ。なので、僕は気になっていた茶葉の店に行こうかと」

「アリナ様は？」

「彼女は少し調べることがあると、一人で農業地帯に向かいました。僕も行こうとしたんですけど、お前は一日好きに過ごせと言われてしまったので」

無理についていくと、後からどうなるかわからないし、ここはアリナさんの言いつけ通りに過ごすのが得策だ。植物の養分にはされたくない。

「そういうお二人はどうしたのですか？」

「レイズの姿が見えたから、声をかけただけよ。別に、何処《どこ》かへ行こうとしていたわけでは——そうだ」

いいことを思い付いたと言わんばかりの表情を作ったレナ様。彼女がそういう顔をする時は大抵僕に迷惑がかかることなんだけど、今度は一体何を思い付いたのでしょうか。

「レイズは今から買い物に行くのよね？」

「まぁ、そうですね」

「私たち二人も同行するわ」

……高いご身分の二人を連れて街を歩けと？　万が一何かあれば、僕の首が飛ぶことをこの人は考えてくれていないの、だろうね。うん、わかってるよ。けど、流石《さすが》にそれは駄目なんじゃないかな。

「王女殿下と公爵令嬢が、勝手気ままに出歩いていいわけありませんよ。護衛やお付きの人に迷惑がかかりますし――」

「私は大丈夫よ。比較的自由に動いていいって言われているし。リシェナは……」

「ベラ」

「はい」

リシェナ様が呟《つぶや》いた直後、いつの間にか彼女の背後には一人の女性の姿が。彼女は確か、リシェナ様の専属侍女をしているベラさん、だったか。ずっと気配を消していたのか、全く気が付かなかった。

「これから出てきますね。レイズ様も一緒です」

「かしこまりました」

「ということで、大丈夫です！」

「……わかりました」

諦めの溜息《ためいき》を吐《つ》いて顔を上げると、先ほどまでいたベラさんの姿はなくなっていた。あの人、本当にただの侍女なの？　気配の消し方とか動きとか、一般人のそれじゃないんだけど。

……いや、詮索するのはやめよう。お互いにメリットがなさそうだ。

「一緒に行くと言っても、恐らく退屈すると思いますよ？　お茶の専門店なんて、興味のないお二人からすれば楽しくもないでしょうし」

「そんなことないわよ。お茶だって、色々と効能があるのでしょう？　自分にあったものが見つかるかもしれないし、興味はあるわ」

「それに、普段行かないお店に行くのって、なんだかわくわくしますし！」

レナ様もリシェナ様も、それなりに興味があるようだ。

まー、ここまで言われて拒むわけにはいかないか。別に人数が増えたからって困ることもないし、護衛が僕だけ、というわけでもない。ここからは見えないけど、物陰に隠れている護衛の魔法士は感知しているからね。数は……四人か。エフェルは治安が悪いわけでもないし、それだけいれば安全だろう。

「では、行きましょうか」

王侯貴族のご令嬢方を連れて、僕は屋敷を後にする。

こんなことを経験するなんて、村にいた頃は思いもしなかったなぁ、なんて思いながら。

第十三話　買い物

屋敷から十数分程歩いたところに、お目当ての店はあった。

年季の入った老舗のようで、建物自体に風情《ふぜい》を感じる。石造りの建物が多いエフェルでは珍しく、木材で造られた家屋。屋根の下には鳥の巣と思《おぼ》しきものが形成されていて、雛《ひな》たちが餌を求めて忙《せわ》しなく鳴いていた。

独特な文字で「マリーボン」と書かれた看板は店名だろう。ただ取り付け方が悪いのか、風に煽《あお》られてカタカタと音を鳴らし揺れている。

落下の心配をしながら扉を開けると、カランとベルが鳴り来客を知らせる音が響いた。

「いらっしゃいませ」

店内にいたのは三十歳くらいの男性。店の外観から、てっきりお年寄りの店員がいるのかと思ったけど、どうやら違ったらしい。

僕は会釈《えしゃく》をして、店の戸棚に並ぶ茶葉を物色する。

「へぇ、色んな種類があるんですね」

「それぞれ特徴があるんですけど、ほとんど同じに見えるでしょう？」

「えっと、はい。見分けはつかないです」

「そもそも普段、紅茶の種類なんて一々気にしないからね」

普通はそうだろうね。彼女たちに限っては、全て使用人が用意するから、茶葉の種類を気にかけたこともないだろう。特徴があるとはいえ、素人《しろうと》には味の違いなんてわからないだろうし。

「まぁ、今日は紅茶というより、ハーブティーをメインに買いに来たんですけど」

「とか言いながら、ちゃっかり紅茶の茶葉を籠に入れて……って、そんなに買うの？」

僕が手に持っている木の買い物籠の中には、茶葉が入った瓶が七つ入っている。多いかもしれないけど、殲滅《せんめつ》兵室の執務室に置いておくと皆が淹《い》れろ淹れろと言ってくるので、たくさん買っておく必要があるんだよね。これだけあれば、数ヵ月は持つと思う。

「まぁ、飲みますからね。何せ、仕事の時間が長いので。飲まないとやっていられないって感じです」

「お酒じゃないんだから」

「ちょっとした休憩みたいな感じですよ。折角なので、レナ様も気になるものを見てきては？」

「そうね。お店に入って何も買わないのは失礼だし……リシェナはどうする？」

「私はレイズ様に色々と聞きながら選ぼうかなって」

「あぁ、じゃあ私も――いえ、やめておくわ。二人でゆっくり、ね」

去り際《ぎわ》、リシェナ様の肩を叩《たた》いたレナ様は店員さんの元に行き、おすすめの茶葉を聞いていた。僕よりも店員さんの方が信用できると思ったんだろうけど、ちょっと癪《しゃく》だな。

「もう、レナってば」

「リシェナ様？」

「い、いえ、なんでもありません。それより、私たちも色々と見ましょうか」

「そうですね」

ハーブティーが置かれている戸棚へと移動し、棚にあった瓶を一つ手に取る。

「レイズ様、それは？」

「これはレッドハイビスです。ハーブティーの定番ですね」

赤色の茶葉が入った瓶をリシェナ様に手渡し、軽く説明。

「ハーブティーと言っても、茶葉によってその効能は違ってきます。例えば、そのレッドハイビスは、含まれる酸味成分が代謝を向上させるので肉体疲労に効果的です」

「へぇ……よくお飲みになられるのですか？」

「僕はあまり飲まないですね。肉体疲労よりも精神疲労の方が多いので。それに、レッドハイビスは有名ですけど、あまり流通してないんです。そうですね……」

すぐ側《そば》にあった瓶を手に取る。

「僕が普段飲んでいるのは、このショテビアですね。甘味成分を多く含んでいるので、甘いです。それと、このマリーローズ。血液の循環を促進する作用があります。心身の疲れを癒やす他、老化防止効果が期待されていて、若返りハーブの別名もあります。これもあまり流通が進んでいないので、偶《たま》に市場に出た時に買い漁《あさ》っているんです」

目についた茶葉を次から次へと籠の中に放り込んでいく。茶葉の形や色を見れば何の種類かはわかるので、一々名前を確認する必要はない。

流石にティーバッグに入っているものは名前を確認するけど。

紅茶やシングルハーブの他にも、香り付け用のスパイスや花も一緒に選んで……ん？

「これは……」

僕は気になる茶葉を見つけ、それが入っている瓶を手に取った。鋸《のこぎり》のような形と、青い葉がよく目立つ奇妙な茶葉だ。いや、果たしてこれは茶葉と言っていいのか？　これがお茶として飲めるなんて、聞いたことがないんだけど。

「な、なんですか？　その変なお茶は」

現に隣にいたリシェナ様は、気味悪そうにそれを見ていた。多分、知らない人からすればこれが正しい反応なんだろうね。この色と形だし、初見では毒草に見えても仕方ない。僕は知識があるから、ちょっと不思議に思うくらいだけど。

「これは耐電花草という植物です。魔法植物という不思議な力を持つ植物で、摂取すると一定時間雷の耐性が身につくんですよ。雷による攻撃を行う魔獣と交戦する際、使用されることが多いですね」

「それが、お茶に？」

「僕も聞いたことはないですけど、この店に置いてあるということはそういうことでしょうね」

魔法植物をお茶にするという話は、聞いたことがないわけではない。ただ、その味はとても褒められたものでないことが多いので、好みは分かれるだろうね。

けど、面白い。物は試しということで、買ってみよう。

「え！　買う、のですか？」

「ええ。試しにということで。不味《まず》かったら殲滅兵室で出してみようかなと」

「それって、悪戯《いたずら》……？」

「いえ、報復です」

いつも勝手に僕のお菓子を食べたり、僕に理不尽を言い続けていることへのね。ふふ、僕だって反撃する時はするんだ。最初はアリナさんかな。仕事押し付けてくること多いし。

アリナさんがお茶を吹き出す場面を想像していると、リシェナ様は意外そうな声を上げた。

「レイズ様がお茶汲《く》み係をされているんですか？　ちょっと意外です」

「酷《ひど》い話ですよ」

まぁ、僕以外に淹れることができる人がいないから仕方ないんだけどね。以前エルトさんにやらせてみたら、何故《なぜ》か激苦紅茶が出来上がったし。アリナさんはそもそもやらない。

いつの間にか僕が殲滅兵室のお茶汲み係になったため、僕の部屋には茶葉が大量に収納されている。本棚の下から二列目までは全部茶葉で埋まっている。ちなみに一列目は焼き菓子なんだけど、これは僕が知らない間になくなっていることが多い。そろそろネズミ用の罠《わな》でも仕掛けようかと考えている。

そうして雑談やハーブに関する説明を交えながら物色していると、突然リシェナ様がこんなことを言い出した。

「あの、私では選びきれないので、レイズ様に選んでいただきたいのですが……」

「え？」

突然の展開。ちょっと待って。

「ぼ、僕が選ぶんですか？」

「はい。お願い、できませんか？」

「いいですけど……どういった効能のものが欲しいですか？　例えば、睡眠不足解消だとか、疲労回復とか、色々とありますけど」

「そうですね……」

リシェナ様は顎に手を当て、考える素振りを見せる。

睡眠不足というわけではなさそうだし、やっぱり肌の保湿効果があるものとかかな？　女の子だし、美意識は十分以上にあるだろう。あぁでも、公務とかで疲れるなら疲労回復のものもありかな。疲れはしっかりと癒やしてほしい。

色々と考えていたけど、リシェナ様が求めるものは予想とは違うものだった。

「その、ある人と話す時に緊張して上手《うま》く話せない時があるので……緊張緩和の効能があるものが欲しいです」

「緊張緩和、ですか」

こくんと、リシェナ様は小さく頷《うなず》き顔を下に向けてしまった。

僕的にはだけど、彼女はしっかりと話せていると思う。人前に立っても毅然《きぜん》としていたし、誰に対しても礼儀正しい。緊張しているようには見えないんだけどなぁ。

でも、本人が欲しがっているのだし、それに見合った物を選ぶとしよう。

僕は黄色いハーブが入った瓶を手に取った。

「でしたら、このスイートピールがいいですね。緊張緩和の効果が非常に高いので有名なハーブです。不安感や心の動悸《どうき》を鎮静化するというのが、正式な効能ですが。他にも、食欲不振や気分の低下にも効果を発揮してくれます。似たような効能を持つハーブは幾つかありますが、個人的にはこれがおすすめです」

「なるほど……」

と、そこで店員さんと話していたレナ様が戻ってきた。片手には、ちゃっかりと購入した茶葉が入った袋が。

「レナ様は何を買われたのですか？」

「喉の炎症を抑えるマリーゴールよ。最近喉の調子が悪いと思っていたから、丁度いいのが見つかったわ。レイズは……たくさんね。リシェナはそれ？」

「うん。緊張緩和のスイートピール。レイズ様に選んでもらったの」

「へぇ。てっきり美肌用のものを選ぶと――あぁ、そういうことね」

「な、何がそういうことなの⁉」

レナ様とリシェナ様が会話に花を咲かせている横で、僕は懐中時計を開いて時刻を確認。

店に入ってから結構な時間が経《た》っているし、外で待っている護衛の人たちに申し訳ない。

僕はリシェナ様が持っていた瓶を一言断って手に取り、僕のものと一緒に会計を済ませる。その際、リシェナ様が「自分で払いますよ！」と申し出たけど、やんわりと断った。

「初めてのハーブ購入ですから、僕からのプレゼントということで。もうお金は払ってしまいましたし、諦めて受け取ってください」

「ありがとうございます……」

「どういたしまして」

「一丁前に男面《づら》しちゃって。あーあ、私もレイズに買ってもらえばよかったかしら」

「レナ様には貸しがあるので、買ってあげませんよ」

「え？　貸し？」

「マロンケーキで半泣き――」

「あー貸しね。はいはいわかってるわよっ‼」

悔しそうに歯噛《はが》みするレナ様は、見ていて面白い。あと、このネタはしばらく使える。

飽きるまで弄《いじ》り倒して差し上げますよ、公爵令嬢様。

「ちなみにリシェナ様」

「はい？」

「もしよければなんですけど、誰と話す時に緊張するのか、教えてもらえませんか？」

「え？　あ、その……」

リシェナ様はわかりやすく視線を泳がせた後、茶葉の入った紙袋を胸元でぎゅっと抱きしめ、はにかんだ笑顔で言った。

「内緒、です」

第十四話　生まれたての害意

バーの中は荒れ果てていた。

木製の椅子は悉《ことごと》く粉砕され、バーカウンターは真っ二つに折れ曲がっている。壁には蜘蛛《くも》の巣状の亀裂が入り、床には青紫色の液体が飛び散っていた。

俺が作り出した固有魔法――狂乱虫は、式紙を他者の額に張り付けることによって恐怖心を増大させ、その恐怖を糧《かて》にスキュラと呼ばれる虫を生成する。生まれるスキュラは糧とした恐怖の質によって強さが変化し、質のいい恐怖程凶暴且《か》つ獰猛《どうもう》な個体へと成長させる。

スキュラは俺の武具そのものであり、術者である俺は一切危険な目に遭うことなく、対象を遠距離から安全に始末することができるという、素晴らしい魔法だ。

今日は二人の生贄《いけにえ》に狂乱虫を発動し、三日が経過した日。

若干の不安と大きな期待を胸に、この日を迎えたが……結果は、この店に入り、店内の惨状を見た時点で察することができるというもの。

「大成功だ」

扉に休業の札が下げられた薄暗いバーの中、俺は店の中にあった大量の酒を浴びるように飲む一つの影を見て呟《つぶや》いた。

大当たりだ。あの二人の素材が三日間に亘《わた》って濃密な恐怖を生産し続けてくれたおかげで、強力なスキュラを作り出すことができたぞ。

「そのくらいにしておけ。あまり飲みすぎては、これからの食事に支障が出るぞ」

『アァッ⁉』

スキュラは手にしていた酒瓶を握り潰し、俺に向けて悪態を吐《つ》く。

『バカヤロウッ！　飲マナキャヤッテラレナイダロウガッ！』

「お前……まぁいい。それより、生まれて早々で悪いが、仕事だ」

この際俺に対する態度は大目に見るとしよう。こいつが十分な働きをすれば、それでいい。寧《むし》ろ、血の気が多く好戦的なのは高評価だ。

俺は懐《ふところ》から小さなオーブを取り出し、それをスキュラへと放り投げる。無意識の内にそれを受け取ったスキュラは反射的にそれを握り砕いた。

『ア？　……コイツラカ』

「そうだ。これからお前が始末するのは、そいつらだ。簡単だろう？」

『当タリ前ダッ！　俺ガ食エナイ奴《ヤツ》ナンテ存在シネェカラナ！』

「威勢がいいのは結構だが、あまり嘗《な》めてかかるなよ？　逆に殺されることになる」

『オレガ信用デキナイッテカ？』

「まさか。お前は俺が生み出した中でも最高傑作。負けるはずがない」

単純な戦闘能力で言えば、こいつに勝てるものは多くない。加えて、こいつは戦闘の際、特殊な能力を使う。不意打ちでもすれば、恐らく数秒とかからずにターゲットを殺すことができるだろう。特性上、こいつはそんなことしないがな。

『ギギギ、コイツニ最高ノ恐怖ヲ与エテ、極上ノ肉ニシテヤルゼ』

「嬲《なぶ》るのは構わないが、あまり時間をかけるなよ？　お前が殺す相手は二人いるんだ。一人に時間をかけすぎて、二人目を仕留め損なうなんてことはないようにしろ。念のため、俺はお前の目を通して様子を確認するからな」

『分カッテル、言イタイコトハ分カッテルゼ――ラプセスゥ！』

俺の名を叫んだスキュラは腕を一度振るい、裏口の扉を粉々にした。ガラガラと音を立てて崩れ落ちる扉の破片に、俺は額を押さえた。大きな音を立てるなと忠告しておくんだったな。

『スグニブッ殺シニイクゼッ！　場所ハ……飛ビ回ッテイレバ見ツカルヨナァッ！』

「早まるなッ！　ちゃんと俺が誘導する。一人で突っ走って、暴走するんじゃねぇぞッ！」

『了解ダゼッ！』

言い残し、スキュラは猛スピードでエフェルの夜空へと飛び立っていった。ったく、暴走するなと言った矢先にこれだ。自分の魔法なのに自由に操れないとは、難儀なものだ。

と、脳裏にスキュラの声が響く。

『オイ、ラプセスッ！　誘導スルッテ言ッタノハオ前ダゾッ！』

「分かってる。だから少し待て！」

一々癪《しゃく》に障《さわ》る野郎だ。だが、スキュラが生まれた以上、魔法士たちの命は消えたも同然。なら、速やかに任務を次の段階に移す必要がある。

通信石を取り出し、魔力を込めて相手を呼ぶ。数回のコールの後、通信相手が応答した。

『――生まれましたか？』

「あぁ。しかもとびきり優秀、強力な個体が生まれた。性格は捻《ね》じ曲がっているが、その分働きには期待できる。今、宮廷魔法士を殺しに向かったぞ」

『了解。私もこれから、例の場所へ向かうとしよう』

「一人で大丈夫か？　お前は魔法が全く使えないだろう」

『気遣いありがとうございます。だが、問題ありません』

通信石からは、くぐもった笑い声と共に、不気味な金属音が響いた。
『私にはあの方々から授かった笛と――奇跡の獣がいるのですから』

第十五話　図書館帰り

茶葉を買い込んでから二日が経過した今日、僕はエフェルの図書館に来ていた。

　エインさんが農業地帯の土や作物の残骸を調べ始めて三日が経過したけれど、未《いま》だに何の結果も出ていない。彼は「植物学者として不甲斐《ふがい》ない」と申し訳なさそうに何度も頭を下げており、その眼《め》の下には色濃い隈《くま》が浮かんでいた。寝る間も惜しんで調査を続けているのがよくわかるけど、努力に結果が見合っていない。厳しいことを言うようだけど、彼一人に任せていてはいつまで経っても事態は変わらない、と、僕とアリナさんは判断。僕は自分ができることとして、この図書館で作物に関する本を読み漁《あさ》っているというわけだ。小さくても、手掛かりになるような情報を求めて。

　アリナさんは最初からエインさんに期待していなかったようで、一人で農業地帯に行ったりして独自に調査を進めている。屋敷《やしき》で見かける度に、何かもどかしそうにしているけれど、何か摑《つか》むことができたのだろうか。いや、手掛かりを摑む一歩手前、というところか。

　一方の僕は朝から晩まで図書館に籠っているけど、何も有益な情報を見つけることはできていない。農業が盛んな街ということもあり、栽培する作物だけでなく植物全般のことが記されている本が多いけれど、どれも今回の事件に当てはまるものはない。同様に、植物を枯らす薬に関しても情報は見つかっていない。そもそも周囲の虫も死滅するってどういう状況だよ。ここまで来ると、この行為の意味を問いたくなってくるね。何時間も無駄なことを続けているわけだし。

僕は開いていた本を閉じ、山積みにされた本の上にポンっと置いた。二日で何冊読んだのか、覚えてないや。お手上げとばかりに椅子の背凭《せもた》れに体重を預け、そのまま天井を見上げた。

「そもそも、アリナさんが原因を特定できない時点でおかしな話だし……。何が起きているのか」

「どうされましたか？」

「──っ！」

突然視界に現れた人に、僕は驚いて椅子ごと後ろに転倒してしまった。咄嗟《とっさ》で受け身が取れず、後頭部をもろに強打。い、痛い……。

「だ、大丈夫ですか？」

「大丈夫ですけど、いきなり顔を覗《のぞ》き込むことはやめてくれませんか？　リシェナ様。結構びっくりするので……」

「レイズ様がぼーっとしていたので、つい。そこまで驚かれるとは思いませんでした」

「王女殿下が突然現れたら、誰だってびっくりしますよ」

最近会う機会が増えてきた僕ですら、この有様なのだから。きっと一般人がさっきのようなことをされたら、驚いて腰を抜かした挙句、その場に平伏すると思う。王族って、国民からすれば天上人なわけだし。

「今後は気を付けますね。それと、レイズ様」

「はい？」

「幾ら図書館に人がいないからって、これはどうかと思いますよ？」

そう言ってリシェナ様が指差したのは、机に積まれた本の山だった。全て僕が読んだ植物に関する書物で、読み終わったものを積み上げていたのだ。

あぁ、うん。確かにこれはいけないね。

「えっと……つい」

「つい、ではありません。読んだ本はすぐに元の場所に戻さないと駄目ですよ？」

「いやでも、これなら読み終えた本がわかりますし、迷惑がかかる人も別に──」

「レイズ様？」

「はい。すみませんでした」

腰に手を当て、僕を叱るリシェナ様は何というか、逆らってはならないと思わせる。多分、彼女は怒ると相当怖いんだろうね。今のでよくわかったよ。

「全く、私も手伝いますから、片付けますよ」

「え？　もう帰るんですか？」

「はい。もうお外は真っ暗です。レイズ様の集中力も切れてきましたし、そろそろ屋敷に戻りましょう？」

「そうですね……」

正直言えば、まだ調べ足りないと思っている。読んでいない本はたくさんあるし、今は時間が惜しい。僕の睡眠時間を削ってでも、情報が欲しいんだ。

けど、確かに集中力がなくなっているのは実感している。これ以上続けても、大切な情報を見落としてしまうかもしれない。ここはリシェナ様の言うとおりにするべきか。

「わかりました。耐電花草のお茶もなくなってきましたし、大人しく帰ります」

「そうしてください。あと、持ってきていたんですか？　あの不気味なお茶」

「ええ。これは絶対にリシェナ様には飲ませることはできませんが」

「え？　どうしてですか？」

机の上に置かれている水筒を手に取り、蓋を開けてリシェナ様へと向ける。途端、お茶の香りを感じ取った彼女は顔を顰《しか》めて口を押さえた。

「な、なんですか、これ。鼻の奥が痺《しび》れるような……」

「ちなみに、飲むと喉が痺れるような感じがします。結構痛いですよ、これ」

耐電花草の特性、というべきだろうか。香りを嗅ぐと鼻の奥が痺れるような感覚が走り、このお茶を飲むと喉に数秒間痛みが生まれる。味自体は悪くないし、香りもどちらかと言えばいいだろう。けど、痛い。

「おかげで、眠気覚ましにはなりましたけどね。流石《さすが》に王女殿下にこんなものを飲ませることはできません」

「そうですね、私は遠慮……」

そこで一瞬動きを止めたリシェナ様は水筒を凝視し、

「少し気になるので、飲ませてもらってもいいですか？」

と言い出した。いや、さっきの話の何処《どこ》に飲みたくなる要素があったんだ？　好奇心がそそられたのかはわからないけど、本当におすすめはしない。

「本当に飲むんですか？　かなり痛いですよ？」

「だ、大丈夫です。痛いのくらい我慢できますッ！」

「そ、そこまで言うなら」

どうぞ、と水筒をリシェナ様に差し出した。

受け取ったリシェナ様は痛みに対する緊張からなのか、少し手を震わせ、顔を赤くして中身を見つめる。そして、覚悟を決めたように一度喉を鳴らし、一息に口をつけ耐電花草茶を喉に通した。けど――。

「う――ッ、ケホッ！」

すぐに襲ってきた痛みに、咽《む》せてしまった。

僕はハンカチを手渡し、リシェナ様の背中を摩《さす》る。

「だから言ったじゃないですか。飲ませられないって」

「本当、ケホ、ですね。凄《すご》く痛いです……あ、収まりました」

「痛みは数秒で消えますからね。これは、ある程度痛みに耐性がないと飲めません。リシェナ様は普通の紅茶やハーブティーを飲みましょう」

「そうします……」

素直に頷《うなず》いたリシェナ様と僕は、机の上に積み重ねられた本を元の場所に戻し、図書館の職員さんに挨拶をして建物を出た。

「今日はありがとうございました」

「いえいえ。私も何か役に立ちたいと思っていましたから」

何でもないようにリシェナ様は両手を振るけど、僕はかなり助かった。

今日の朝、図書館に向かおうと屋敷を出た直後、リシェナ様が何か手伝えることはありませんか？　と申し出てくれたのだ。昨日は一人で図書館に籠っていたんだけど、一人だと一日で読める本には限界があったし、一緒に手伝ってくれる人が増えるのはとてもありがたいことだった。リシェナ様の他にも、彼女の護衛や専属侍女のベラさんも手伝ってくれて、昨日の何倍も進んだよ。まぁ、進歩はなかったけどね。

「残りの日にちで、無事に解決できるのか……」

「確か、七日間しか滞在できないのでしたね」

「はい。本来なら解決できるまでエフェルに留《とど》まるべきなのでしょうが、僕らは王都にいなければならない存在だから、と」

「こんな時まで自分たちの保身に走るなんて……」

「仕方ないですよ。誰だって自分の命が一番大事なんですから。強力な兵器を近くに置いておきたいと考えるのは、誰だって同じでしょう」

近頃は物騒な事件が多いし、地位のある上の人間は自分の身にも何かあるんじゃないかと思っているんだろうね。で、有事の際に対抗できる戦力は傍《そば》にいないと怖い、ということだ。それを言えば、彼らは王の身を護《まも》るためとか言うだろうけど、そんなものは詭弁《きべん》でしかない。

「僕らは王国ではなく、王都に首を繋《つな》がれているってことですよ」

「……レイズ様は、殲滅《せんめつ》兵室の皆さんは兵器なんかじゃ――」

と、その時、僕のポケットに入っていた通信石がリーンという音を鳴らした。魔力を込めて耳に当てると、聞き慣れた先輩の声が。

『レイズ、今何処にいるの？』

「今は屋敷に向かっている最中です。隣に王女殿下もいますよ」

『どれくらいかかる？』

「屋敷までですか？　えっと、十数分程はかかると思います」

『間に合わないから、私は先に農業地帯に行く』

アリナさんの声には微《かす》かに焦《あせ》りが見える。この時間に農業地帯って……何か無視できないことが起きたようだ。

「何があったんですか？」

『あの植物学者が、一人で農業地帯に向かったらしい』

「それって――」

問いを口に出した、その瞬間。

パリン、という甲高い音が周囲に響き渡り、次いで襲い掛かった濃密な魔力の波動を肌で感じ、言葉を止めた。

……友好的な感じじゃないな。明確な殺意が向けられているのがわかる。

「すみませんアリナさん。どうやら──客人のようです」

『チッ、一人なわけないか』

舌打ちをしたアリナさんは溜息《ためいき》を吐《つ》き、早口で告げる。

『しょうがないから、レイズはそっちの相手をしてあげて。で、片付けたらすぐに農業地帯に向かう。私たちが最初に調査した方角が一望できる場所に陣取っていて』

「いつでも狙撃ができるように、ですね」

『そういうこと。レイズは視界に入る範囲なら、何処でも確実に命中させることができるでしょ？』

「当然。狙った的は外しません」

『頼もしい後輩。じゃ、そういうことで。くれぐれも──死なないように』

それを最後に、通信を切った僕は行動に移った。

「リシェナ様は、このまま屋敷《やしき》に戻ってください。僕は貴女《あなた》と離れ、敵を殲滅します」

「そんな、また戦いだなんて――」

「ベラさん」

「はい」

すぐに姿を見せたベラさんに、屋敷の方角を指差して指示を出す。

「護衛の方とリシェナ様を連れて、屋敷に。絶対に途中で引き返したりしないこと。それと、屋敷に戻ったら全ての護衛を動員して、戦闘態勢を整えてください。仮に僕が負けて殺された場合、屋敷が次の戦場になる可能性があります」

「わかりました。すぐに」

「な――ッ」

「姫様。我々は足手纏《あしでまと》いです」

悲痛な叫び声を上げたリシェナ様を横抱きに抱えたベラさんは、近寄ってきた二人の護衛に屋敷に戻ることを伝え、走り出す。その直前、僕に言葉を残して。

「レイズ様。貴方《あなた》が亡《な》くなられたら、姫様が悲しまれることを、忘れないでください」

「それは……絶対に死ねませんね」

レイピアを抜き放ち、僕は臨戦態勢を整える。殺意は……どうやら、僕一人に向いているようだ。リシェナ様たちを追う様子はない。

それを確認した僕は、殺意と魔力の発生源へとレイピアを向ける。

「先手必勝だ——水円錐《すいえんすい》」

水属性遠距離中級魔法——水円錐。高速で射出された円錐状の水は、金属板ですら貫通する程の威力を誇る。まともに受ければ一撃で戦闘不能になる魔法は、狙いを定めた箇所へと突き進み——ガラガラとガラスの破片が落ちるような音が響いた。

「なんだ？　ガラスの破片、か？」

音の発生源を注視すると、そこには幾つものガラス片が地面に転がっていた。灰色で、少し汚れているように見える。

おかしい。さっきまで、そこから魔力と殺意が発せられていたはずなんだけど……。あんなガラスにそんなことできるわけがない。となれば。

「遠くの物体と入れ替わることができる魔法か？」

『外レダ』

何処からともなく声が聞こえた瞬間、僕の額が浅く切り裂かれ、鋭い痛みが走った。一拍遅れて吹き出した血が顔を伝い、舌打ちと共にその場から一気に跳躍し距離を取る。

「振動波《しんどうは》！」

無属性中距離中級魔法——振動波。

空気を振動させて物体を破壊する魔法を周囲に展開すると、先ほどまで僕がいた場所から再びガラスが砕ける音が聞こえ、何もない虚空《こくう》からバラバラに砕けたガラス片が大量に地面へと落下した。

様子を窺《うかが》いながら、僕は額から滲《にじ》む血を乱暴に拭った。これで倒したなんて戯言《たわごと》は、絶対に言えない。

「透明化する能力……いや、違う。身体《からだ》を保護色にする能力か」

『ソレハ当タリダ。中々鋭イナ、オ前』

砕け散ったガラスがひとりでに宙へと浮かび上がり、不気味な姿を形作った。

灰色の全身は硬質な鱗《うろこ》で覆われ、肩甲骨《けんこうこつ》から生える一対の羽。三日月形に裂けた口からは獰猛《どうもう》で鋭い牙が覗《のぞ》き、酒瓶を持つ両手の爪は獅子《しし》のそれ。四つの瞳は右へ左へと動き、視点を一ヵ所へ留《とど》めていない。

「随分と奇妙な身体を持っているな。身体をガラスに変化させ、体色を周囲と同化させる能力……召喚獣か？」

『召喚獣トハ少シ違ウ。俺タチハ、スキュラ！　狂乱虫トモ呼バレ、人ノ恐怖心ヲ喰《ク》ラウ存在。ダカラ、オ前ハ俺タチニモット恐怖シロ。極上ノ恐怖ハ、強烈ナ旨《ウマ》サ』

「イカレてる」

恐怖心を喰らう存在だって？　誰だよこんな悪趣味極まりない化け物を作った奴《やつ》はッ！

一体何のため……僕を殺すためだよね、そりゃあ勿論《もちろん》。でなきゃ利用価値の高いリシェナ様に見向きもしないで僕に向かってくるわけがない。

さて、どうしようか。相手は近距離戦闘を得意とするタイプだし、圧倒的に僕が不利な状況。それに、こんな街中で戦おうものなら、周囲の建物が何件も全壊することになるのは間違いなし。場所を移したいところだけど、スキュラ？　はそんなことおかまいなしだろう。

ここは僕が一方的に移動して、被害が少なそうな場所に誘導するしか——。

『オ前、俺ガ保護色ニナラナイ理由ヲ考エテナイダロ』

「は？」

『今ノ俺ハ、保護色ニナラナインジャナクテ、ナレナインダ。ソノ理由ハ——』

スキュラがニヤリと口を歪《ゆが》めた直後、

「ガ——ッ⁉」

脇腹に強烈な衝撃を感じた瞬間、激痛と共に僕の身体は吹き飛ばされ、後方に置かれていた木箱を粉砕し仰向けに倒れた。呼吸が乱れ、衝撃があった箇所が尋常でない程痛い。今ので、肋骨《ろっこつ》が何本か折れたな。口から血も流れ出てくる。それでもレイピアを離さなかったのは、戦う心構えができていたからか。

身体に載った木片を払いながらスキュラの方へと視線を向け、僕は目を疑った。

「二体、だと？」

『ソウダ！　俺タチ、ト言ッタダロウ？　スキュラッテノハ俺タチ二体デ一体ッ！』

『……』

新たに加わったもう一体は何も喋《しゃべ》らず、何度も頭を縦に振って頷《うなず》くだけ。さっき僕を殴り飛ばしたのも、あいつだ。

なるほどつまり、あの二体はそれぞれ一つの能力しか持っていないということか。ガラス化と保護色を持つ二体が一つになった時、攻撃を加えても破片になって再構築し、周囲と体色を同化させて見えなくなる。かと言って離れれば、こちらが相手にする数が増える。

なんて厄介なんだ。

『恐怖シタカ？　怖クナッタカ？』

「……」

アルセナスに匹敵する強者。近距離戦が苦手な僕が戦うには、余りにも分が悪い相手だ。

まともに戦えば、僕に勝ち目はなく、殺される恐怖心が湧くかもしれない。

けど……負けるわけにはいかない今、恐怖心を抱いている余裕はないんだよ。

「冗談。この程度で怖くなるはずがないだろう？　僕がどれだけの恐怖を味わってきたと思っているんだ。たかだか自分の命が脅《おびや》かされただけ。それだけさ」

誰か、自分の大切な誰かの命を失うことに比べれば、怖くも何ともない。ここで僕が強気で奴に立ち向かえば、結果的に大勢の命が救われることになるなら、尚更《なおさら》だ。

『チッ、精神ガ強イ奴《ヤツ》ハ嫌イダ。手間ガカカル』

「そりゃどうも。ただ、ここじゃ周囲に被害が出るし、場所を変えさせてもらうよッ！」

痛覚鈍化を施し、身体強化を重ね掛け。よし、魔力は食うけど、これでしばらくは動くことができる。

場所は……あそこがいいな。少し物を壊してしまうことになるけど、二体を同時に相手取り、勝つには好都合だ。申し訳ないけど、利用させてもらうことにするよ。

『アッ！　テメェッ！』

「ついてきな。僕が君たちを——殺してあげるからさ」

挑発し、僕は夜のエフェルを駆け抜ける。

誰も失わない、未来を掴《つか》み取るために。

第十六話　見え始めた真相

『対象ハ逃亡中。ダガ、アバラヲ砕イテヤッタゼッ！』

「わかってる。視覚を共有していると言っただろう」

　脳に直接響くスキュラの報告を聞き、俺は思わず拳を握った。

　標的の魔法士は劣勢を悟り逃走を開始。その際何やらスキュラを挑発していたが、聴覚までは共有していないので何を言ったのかは不明。だが、負け惜しみの一言だろう。スキュラの一撃で軽傷とは呼べない負傷をしているのだからな。余裕など、あるはずがない。

　スキュラは恐怖心を増大させるために時間をかけて殺すだろうが、問題はない。どうせ殺すことに変わりはないのだからな。

「しかし、自分から能力をバラすな、と言っておくべきだったか。どのみち気づかれていたようだが……何処《どこ》かの屋上だな」

　スキュラの視界を通じて見えた場所は、白く平坦《へいたん》な屋根と、円柱状の貯水タンクが特徴の建物だ。その屋上でレイピアを手にした魔法士は立ち止まっている。確かに他の建物よりは大きく、戦闘の被害を最小限に抑えられるだろう。

「無駄な気遣いをすることだ。さて、俺もそろそろ向かうか」

グラスに入ったウイスキーを一気に呷《あお》った俺は立ち上がり、通信石を取り出して相手を呼び出しながら、無人のバーを後にする。

勝利の瞬間くらい、直接この目で見届けるとしよう。

◇

「到着」

街の中を駆け抜けた僕は、とある建物の屋上で足を止めた。他の建物よりも大きく、背後には巨大な貯水タンクが三つ鎮座している。この建物の所有者には申し訳ないけれど、ここが一番被害が少なくしてスキュラを倒すことができる場所なんだ。

すぐに聞こえた羽音に意識をそちらに戻し、レイピアに魔力を込める。殺し合いの続きだ。

『ギギッ、逃ゲルノハヤメタノヵ？　俺ハ、マダマダ追跡デキルゼッ⁇』

『……』

自分が絶対に有利であるということを知ってか、余裕綽々《よゆうしゃくしゃく》の様子だ。実際その通りだから、反論もできない。向こうは無傷で、僕は結構重傷。手数も向こうの方が多いし、不可視の状態で攻撃ができる。僕の勝ち目は限りなく零《ゼロ》に近い。

「でも、こういう状況を覆《くつがえ》すのが、殲滅《せんめつ》兵室なんだよ。それに、ここで君たちを逃がすわけにはいかない。君たちのような危険因子は、ここで排除しておくに限る」

『……自分ノ立場ヲワカッテイナイヨウダナァ？』

嘲る笑みを消し、二体のスキュラは一体に融合。徐々に体色を周囲と同化させ——咄嗟《とっさ》にレイピアを眼前に翳《かざ》す。一拍置いて甲高い金属音と衝撃が響き渡り、火花が散った。

「ッ、速い……」

威力、速度、共に申し分ない一撃。防がなかったら、両目が切り裂かれていた。

すぐさま後方に飛び、着地の瞬間振動波《しんどうは》を周囲に展開。ガラスが砕ける音が響き、再び地面にガラス片が積みあがっていた。

「ということは——」

僕は目を閉じ、五感の一つを爆発的に強化し——雷を纏《まと》わせたレイピアを、振り向き様に一閃《いっせん》した。

『ギ——ッ』

「やっぱりな」

漂ってきた肉の焦げる嫌な匂いと、無造作に落ちた腕の着地音。そして、勢いよく僕から遠ざかる羽の音。保護色を解いた灰色の身体をしたスキュラは、苦悶《くもん》の形相で切断された腕の傷口を押さえ、僕を睨《にら》みつけている。切断面からは、赤い鮮血が止めどなく流れていた。

「怪物なのに血は赤いのか。まぁ何でもいいけど……保護色になったところで、音は消せないみたいだね」

あのスキュラが高速で動くことができるのも、人を吹っ飛ばせるパンチ力を持つのも、全ては背中についている羽のおかげだ。羽を高速で動かすことで移動速度を上げ、その速度のまま対象を殴りつける。パンチというより、タックルに近い。

そして、微《かす》かではあるけど、その音を消すことはできない。だから、膨大な音の情報に強烈な吐き気を催しながらも聴力を強化し、音を聞き分けた。これで保護色の攻撃は無効にできるということ。場所がわかれば、こっちのものだ。

スキュラが腕を切断されたことで動揺していた数秒の間に計十五発の雷撃を浴びせる。先ほどまでの速度は何処に行ったのか、もう片方の腕も後方へと吹き飛び、身体中に穴が穿《うが》たれる。まさか自分がやられるとは思っていなかったんだろうね。過剰な自信が裏目に出たわけだ。

『……殺ス』

追撃しようとしたところでガラス片の再構築が終わり、スキュラは再び一体に融合した。

当初放っていたものとは比べ物にならない殺意を剝《む》き出しにし、僕へと襲い掛かる。爪だけじゃなく、腕全体を刃物のような形状に変化させて。

片方がやられたことで、怒り心頭のようだ。

「く――ッ」

振るわれるそれをレイピアで受け、身体《からだ》を捻《ひね》って躱《かわ》し、受け流す。合間に雷の遠距離魔法を放つが、それらは悉《ことごと》く受け止められてしまった。

融合した状態のこいつは、魔法への耐久力が高すぎる。氷で動きを止めようと、炎で壁を作ろうと、その全てを容易に突破してくる。

最低でも上級魔法でないと、ダメージを与えることはできない。けれど、休むことなく繰り出される敵の連撃にそんな魔力を練る余裕は与えられず、一方的な防戦を強いられる。それも全てを受けきることはできず、僕は全身の至る所を切り裂かれ、時間が経過するごとに血が失われていく。

保護色になる能力なんて、必要なかった。捨て身の肉弾戦になれば、こいつは恐らく上級危険種以上の強さを誇る。遠距離なら負けずとも、近距離での戦いでは――と。

『ギギ――ッ』

僕が振るったレイピアを躱したスキュラは必要以上に後方へと飛びのき、片耳に手を当て、宙を睨んで怒声を上げた。

『ナンダヨ、ラプセスッ‼　今ハ戦闘中ダッ‼』

「ラプセス？」

聞き覚えのない名前。もしかして、こいつらを生み出した術者か？

そんな疑問を他所《よそ》に、聴力を強化していた僕の耳には、ラプセスという男のノイズ交じりの声が聞こえてきた。

『戦闘……なのはわか……いるが……終わらせ――』

『ナンダト？　マダコイツハ極上ノ恐怖ヲ生ミ出シテナイゾッ！』

『……かってる。だが……事情だ。言う……聞け』

『ソモソモ、オ前ガ俺タチニ命令シタコトダ。任セタ以上、口出シスルンジャネェ‼』

『強情な……。だが、お前が求めて……のは極上の恐怖……？　それなら心配……ない。なぜなら――』

よく聞くために聴力を更に強化した僕は、次に聞こえてきた言葉に、思わず耳を疑った。

それは農業地帯に起こっている現象の核心を突くものであり、容易に受け止めることができないものだったから。

『農業地帯の作物を枯らしまくっているマンドラゴラが体内に持つ、シエラという女は、用済みになり次第お前が食っていいそうだ。嬲《なぶ》って恐怖心を増幅させるなり、好きにしろ』

第十七話　落雷注意報

『マンドラゴラ？　ナンダソレハ』

『人間の死体を核として生み出される、人造魔獣だ。完全に成長した後、核となっていた死体は体外へと排出される。吐き出された人間はマンドラゴラが周囲から吸収した膨大な生命力を受けるため、一時的にではあるが蘇《よみがえ》る。俺の協力者が、それをお前にやるということだ。そいつは既にマンドラゴラの元へと向かっている。だから早く戻ってこい』

僕には聞こえていないと思っているらしく、ラプセスという男はやたらと饒舌《じょうぜつ》だ。そりゃあ、聴力強化を何重にも重ねがけしてようやく聞こえる程の小さな声だから、聞こえないと思っていても仕方ないか。僕にはバッチリ聞こえていて、必要な情報を片っ端から頭に叩《たた》き込んでいるけど。

スキュラは不快気に歯ぎしりをしながら、問うた。

『シエラ、ト言ッタカ？　ソイツガ俺ニ恐怖スルトハ限ラナイダロウ？』

『まぁな。だが、そこにいる魔法士よりは可能性が高いはずだ。相手は戦いも知らない普通の女だからな』

『……一理アルナ。ナラ――』

スキュラの身体から濃密な魔力が放出され、僕は密《ひそ》かに練り上げていた魔力を用い、雷球を放出する。しかし、それはスキュラが無造作に振り上げた片手に弾《はじ》かれ、上空へと飛ばされた。間髪入れずに肉薄してきたスキュラの一撃を防ごうとレイピアを構えるが、振るわれた腕は刀身に触れる寸前で軌道を変え、僕の喉元を切り裂かんと伸びる。ギリギリで首を反らすが、決して浅くはない傷を負った。数拍置き、ドクドクと血が溢《あふ》れる。くそ、これ以上血を失いたくはないんだけど。

『スグニコイツヲ殺シテヤルゼッ！　ソシテ、俺ハ恐怖ヲ喰《ク》イックスッ！』

『わかったから、さっさと殺《や》れ。我々の目的はエフェルの壊滅ということを、忘れるな』

それを最後にラプセスという男の声は途絶える。

それは、先ほどとは違い、恐怖心を掻《か》き立てるための攻撃ではなく、早急に僕を殺すための攻撃が繰り出される合図でもあった。

「振動――」

振動波を発動させ、ガラスの身体を砕こうとした時、腹部に強い衝撃。一度受けたから、この感触は覚えている。くそ、失念していたッ！

吐血しながら吹き飛ばされ、その最中に指光弾をスキュラへと打ち込む。が、やはり上級未満の魔法では威力が足らず、傷をつけることはできなかった。わかってはいたけど、全ての属性に対して耐性があるみたいだ。

設置されていた貯水タンクに打ち付けられ、その衝撃でタンクが深く凹《へこ》んでしまった。

「そうだった……奴《やつ》は、二体で、一体だった……」

『ラプセスト話シテイル間ニ、腕ヲ一本再生スルクライ造作モナイコトダゼ。ダガ、長イ時間ハ離レルコトガデキナイガ。テメェノセイデッ！』

苛立《いらだ》ちと共に振るわれた腕から生まれた斬撃は、僕の真横——水道管を大きく切り裂き、そこから溢れだした水が天高く上って落ちてくる。それはまるで雨のようで、すぐに僕やスキュラを水浸しにし、屋上全体に水溜《みずた》まりを形成した。

『他愛ナイ』

パシャパシャと水溜まりの中を進み、僕の元まで歩み寄るスキュラ。奴がラプセスとの会話を終えてから、まだ一分も経《た》っていないのにこの有様だ。正直、戦いにすらなっていなかったと思う。全く、不甲斐《ふがい》ないな、僕。

身体の各所から血が流れているし、まともに戦えるようになるには、しばらく時間がかかるだろう。自分では、簡単な治癒魔法しか使えないし。勿論《もちろん》、敵はそれを待ってくれるわけがない。

僕の胸倉を摑《つか》み上げたスキュラは、そのまま僕を貯水タンクへと押し付け、首を絞める。

「う――ッ」

『……ココマデ追イツメテモ、マダ恐怖シナイノカ？　オ前』

「死ぬことを、怖いとは、思わないのでね」

更に強くタンクに押し当てられる。

『恐怖ヲ感ジテイナイ肉ハ食ッタコトガナイガ、キット不味《マズ》イ。オ前ハ細切レニシテココニ放置ダ』

「た、食べるのは、恐怖じゃ、なかったのかい？」

『恐怖ダケヲ食エルワケナイダロウッ！　俺タチハ人間ノ肉ヲ食イ、ソノ中ニ含マレテイル恐怖ヲ味ワウ。恐怖デ満チタ人間ノ肉ハ、格別ニ美味《ウマ》イカラナ』

「正気じゃないね。人の肉が美味いだなんて……とても共感できない」

そう言うと、スキュラは自分の首を奇妙な角度に捻《ひね》った。

『食ッタコトガアルミタイナ言イ方ダナ』

「さぁ、どうだろうね。それより、相手が確実に絶命するまで余裕を出したら駄目だと思うけど？」

『ギギギ、何ガデキル？　武器モナク、血ノ気モナイオ前ニ、何ガデキル？』

僕を嘲笑《あざわら》うスキュラは、自分の勝ちを確信しているようだ。たとえ僕がこれから反撃をしようとも、自分にはそれを防ぐ自信がある。絶対に負けることはない。そう言っているのが嫌な程伝わってくるよ。

僕は空を見上げ、貯水タンクから降り注ぐ水を感じながら呟《つぶや》く。

「今日は快晴か」

『ア？』

「月も星も綺麗《きれい》に見える快晴の夜に、空から水が降ってくるなんて、おかしな話だ」

スキュラが訝《いぶか》しげに僕を見やるが、構わず続ける。ここまで上手《うま》く事が進んだことに、嬉《うれ》しさを覚えながら。

「不思議な光景だね。何だか、もっと別の何かも、降ってきそうだと思わないかい？　落ちてきそうだと、思わないかい？」

『死ヲ目前ニシテ気ガ狂ッタカ？　ギギ、面白《オモシレ》ェ、恐怖ヲ感ジルンジャナクテ、心ガブッ壊レルトハナ』

「壊れているのは、君の方だ。こんな段階で自分の勝利を確信している、君の頭の方だ」

『ナニガ言イタイ』

絶体絶命の状態で余裕を見せる僕に何かを感じたのか、スキュラは一歩後退《あとずさ》りをした。

今更距離を取ったところで、僕が笑う理由もわかっていないこいつには、何の意味もないんだけどね。それを教える気は毛頭ない。というか、身体《からだ》で理解してもらわないと。

「別に何も？　ただ一つ、宮廷魔法士からの親切心で言うのなら、ここに避雷針はないってことくらいかな」

『避雷針？』

「うん。つまり、僕が言いたいことはね――」

僕は人差し指を上に向け、満面の笑みを浮かべて言った。

「天からの落雷に、お気をつけて」

その瞬間――耳を劈《つんざ》く雷鳴と共に、稲光が視界を支配し、蒼《あお》い雷が僕らの傍《そば》に落ちた。

『――』

声にもならない叫びを上げたスキュラはその場に膝を折る。僕らは全身に水を浴び、尚《なお》且《か》つ屋上中に広がった水溜まりの中にいる状態。直撃しなくても、雷は水を伝い僕らに電撃を伝わせるというわけだ。スキュラの身体は雷に焼かれ、灰色だった体表を真っ黒に変化させ黒い煙を上げている。

『ナ、ニガ――』

「君がさっき、上へと弾き飛ばした雷球だ。あれは対象に直接放つ魔法ではなく、上空に停滞させて、僕の好きなタイミングで稲妻を落とす、風属性遠距離上級魔法――蒼雷鳴《そうらいめい》」

以前キマイラを討伐した時に用いた魔法だ。当然、最初から水と雷を浴びせることは狙っていた。そうしないと二体同時に倒すことなんて、できなかったと思うし。だからこそ、貯水タンクのあるここを戦う場所に選んだ。スキュラが自分で貯水タンクを切り裂いて、水を放出させた時には思わず笑いそうになったけど。

「水を被《かぶ》った状態だと、通常よりも電気は通りやすくなる。魔法士でこれを知らない者はいないよ」

『ソ、ソレナラ……ナンデ、オマエハ、無傷……』

「あぁ、これ？」

それは当然、事前に耐電花草を摂取していたからなんだけど、それを教えるつもりはない。すぐに命が尽きる敵に、教えることなんて何一つないからね。

「君が肋骨《ろっこつ》を折ってくれたおかげ、だと思っておきな」

第十八話　零《ゼロ》に等しい距離

『ギ――ッ』

全身を黒く焦がしたスキュラは、痙攣《けいれん》しながら立ち上がった。鋭かった爪はボロボロに欠け、何本かの指が欠落して水の中へと落ちる。

『クッ……ソ、コンナ、コンナ……ッ‼』

「キマイラを一撃で屠《ほふ》る魔法を受けて、まだ生きているのか」

驚異的な生命力だ。今までこの技を喰《く》らって生きていた生物は見たことがない。

驚嘆と同時に、改めてこいつは危険な存在であると再認識する。と――。

『ギ、ギィ――ッ！』

なけなしの力を振り絞ったスキュラは叫び、欠損が見られる羽を広げて空へ飛びあがった。同時に体色を周囲の風景と同化し、僕に姿が見えないようにして逃亡を図る。

負けを悟った、というところかな。判断は正しいと思うけど、まさか生きているだけじゃなくて、空を飛ぶ体力が残っているとは思わなかったな。

好都合。

スキュラが魔法士によって生み出された存在である以上、危機を察知して帰還する場所は一つ。僕を殺す気で襲ってきたんだから、相手にも相応の覚悟を持ってもらわないとね。

「逃がさないよ」

近くに転がっていたレイピアを拾い上げ、僕はその刀身を、蒼い雷で覆った。

「負けた、だと……」

スキュラの視界から状況を見ていた俺は愕然《がくぜん》とし、思わず片手で額を押さえた。俺が生み出した狂乱虫の中でも、特に強力で極悪な個体が、たった一人の小僧に負けるなんて。確かに知能はそこまで高くない。だが、それを補うだけの凶暴性と能力を持っていたはず……。

クソ、既に予定は大きく狂ってしまった。本来なら今頃、あの魔法士を捕食し、農業地帯で成長したマンドラゴラの元へ向かっていたはずなのに！

苛立ちに持っていたウイスキーのボトルを足元に叩《たた》きつけた直後、正面から保護色を解除したスキュラが舞い戻った。

『任務、失敗、ダ……』

「わかっている。これは大問題だ」

わかりきった報告をするスキュラの身体は黒焦げ、よく見れば植物の葉脈のような痣《あざ》が全身を覆っていた。これは落雷を受けた際にできたものだろう。魔法耐性を持つスキュラがこうなるとは、上級魔法の中でも特に強力なもの、と考えた方がいい。奴がそんな魔法を使えるとは、想定外だ。

『オイ、ラプセス！　アノ野郎普通ノ人間ジャネェゾッ！　ソンナ奴《ヤツ》ノ始末ナンテヤラセヤガッテ……コレハ、テメェノミスダゼッ！　生マレタバカリノ俺ニハ早スギタンダッ！』

「確かに、そうだな」

文句を垂れるだけでは飽き足らず、この俺の罵倒まで始めたスキュラに対し、俺は静かに頷《うなず》きを返す。こいつの無能さには腸《はらわた》が煮えくり返る思いだが、感情に身を任せてはならない。ここは冷静に、自分の失敗を振り返り、次へと生かす時だ。

「戦闘経験もないお前に、いきなり強敵を任せ、最低限のサポートしかできなかった俺の失敗だ。お前ならできると信じていた、俺のミスだ。だから――」

二枚の紙――スキュラを生み出すために用いた紙を取り出し、それを一思いに破り捨てた。

『ガ――』

黒焦げのスキュラの身体に大きな亀裂が入り、赤い血が噴水のように吹き出す。その場に俯《うつぶ》せで倒れたスキュラは必死に俺へと手を伸ばすが、何も摑めず空を切るだけ。

『ナ……ンデ』

「反省の次に再挑戦するのは基本だろう？　だから、俺はもう一度あの魔法士を殺すために行動することにしたのさ。弱いお前ではなく、もっと強力な狂乱虫を生み出してな」

『ラ――プセス、テメェエエエエエエッ‼』

破り捨てた紙を細切れにすると、スキュラは同様に身体をバラバラに引き裂かれ絶命。その際頰に付着した血を拭い、双眼鏡を取り出す。

手間をかけて作った駒が減ってしまったが、気にすることはないだろう。減った分はまた作りだせばいいだけのこと。狂乱虫は人間がいるところならば、何処《どこ》でも生み出せるからな。

「作る前に、あの小僧の様子だけ確認しておかなければ」

スキュラが逃亡したため、落雷の後の状況はわからない。移動しているのならば、その場所を把握しておかなければならない。まぁ、あの傷ではすぐに遠くへ行くことはできないだろう。恐らく、あの貯水タンクがある屋上に留《とど》まって――。

「……なん、だって？」

レンズを覗《のぞ》き込み、魔法士の小僧を発見した俺は思わず呻《うめ》き、そのまま硬直した。

なぜなら——あの魔法士がレイピアを俺へと向け、雷を纏《まと》いながら不敵に微笑《ほほえ》んでいたから。

「案内ご苦労。僕の雷を……魔法を受けたスキュラは、無事に君の居場所を教えてくれた」

雷を纏ったレイピアを向け、僕は視界に映る黒装束の男へ笑いかける。

魔法で生み出した雷を受けたスキュラには、少なからず僕の魔力が付着している。生み出された存在のスキュラが帰還する場所は、当然生み出した主《あるじ》の元。つまりスキュラに付着した僕の魔力を辿《たど》れば、君に辿りつくことができるわけさ。

逃がさない、と言ったのは、何もスキュラだけじゃない。あの危険な生物を生み出したラプセスという男も含まれている。彼がいる限り、あの生物は生み出されるわけだし、ここで仕留めることが最善。

君たちは随分と僕らをコケにしてくれたし、その報いは受けてもらうよ。

求めていた情報は得ることができたので、もう用済みだ。

ラプセスと僕の距離はおよそ三キーラ。君はこんな距離で狙撃するなんて無理、と言うかもしれないけど——。

「この程度の距離——僕にとっては零に等しい」

レイピアから射出された雷の槍《やり》は夜空を駆け抜け、外套《がいとう》に隠れたラプセスの心臓を正確に打ち抜いた。


「冗談、だろ……」

俺は穴が穿《うが》たれた胸部に手を当て、襲い掛かる悪寒《おかん》に身を震わせる。

三キーラの距離だけじゃない。その間に、障害となる建物が一体幾つあると思って……

レイピアと俺の心臓が一直線に結ばれる道筋を、一瞬で見つけ出したってことか。しかも、寸分の狂いもなく、心臓だけを打ち抜く……。

「あぁ、そうか。あいつが――」

聞いたことがある、王国最強の魔法士集団。一騎当千の実力を持ち、人間離れした技で王国の敵を殲滅《せんめつ》する、人間兵器。

そうか、あいつが……そうだったのか。なら、スキュラが負けるのも……仕方ない、か。

俺は自分がとてつもないハズレを引いてしまったことを理解し――暗くなった視界に、意識を委ねた。


ラプセスが建物の下に落下したことを確認し、僕は痛みに悲鳴を上げる身体《からだ》に鞭《むち》を打って、屋敷《やしき》を目指し走りだす。

足を踏み出す度に激痛が身体を走り、堪《こら》えていた血が口から溢《あふ》れ出る。

だけど、進まないと、戻らないと。

一刻も早く、

「ロイドさんに、伝えないと」

スキュラとラプセスの会話に出てきた、シエラという女性。

それは――ロイドさんの亡《な》くなった、奥さんの名前だから。

第十九話　黒幕

「遂《つい》にここまで来たか」

私は目の前で大きく脈動する巨大な球体を見つめ、内から湧き出る喜びに身を震わせた。

今まで地中深くに眠っていたにも拘《かか》わらず、その体表は美しく澄んだ緑で汚れ一つない。

農業地帯に存在したあらゆる命の生命力を吸収し成長した巨体は、さながら心臓そのもの。

一つの命のために、膨大な数の命が失われていることには思うところがあるが、それは人間も同じこと。自分の命一つのために、数えきれない程の命を浪費しているのだから。

あと少しでこの命が——マンドラゴラが、完全に成長する。

核となっている女の死体を排出し、完全体でエフェルを壊滅させれば、私の幹部昇格が決定するのだ。

思い返せば、苦労の連続だった。核となる人間の死体を手に入れ、誰にも知られることなくマンドラゴラの種を植え付けたそれをこの土地に埋め、やってきた忌々《いまいま》しい魔法士共の目を欺き続ける。だが、その苦労がもう少しで報われるのだ！

一段と大きく脈動したマンドラゴラ。目覚めの時が近くなっていることを知らせる音を聞き、私は首から下げていた銀の笛——服従の魔笛を握りしめた。

エフェルの壊滅を告げる産声《うぶごえ》が、もうすぐ聞こえる。あの街の民にとっては絶望の、私にとっては薔薇《ばら》色の人生が訪れる合図となる叫びだ。これほどの高揚感を得たのは一体いつぶりだろう。待ち遠しい、待ち遠しいぞッ！

「さぁ、美しい姿を私に見せて——」

両手を広げて高らかに叫んだ途端——突如伸びてきた巨木にマンドラゴラは締め上げられ、脈動を強制的に止められてしまった。巨木は更に締め上げる力を強め続け、遂にはバキっという音を響かせる。これは……まさか。

「やっぱり、裏でこんなこと企《たくら》んでたか」

私の背後から、呆《あき》れ交じりのそんな呟《つぶや》きが聞こえた。

聞き覚えのある声に、私は舌打ちを我慢しながら問う。

「やっぱり、ですか」

「私は最初から貴方《あなた》を信用していなかったし、警戒していた。だから、別に驚くことでもない。ただ、確信を持ったとすれば——」

振り返ると、あの宮廷魔法士——アリナと名乗っていた女が片手を持ち上げ、周囲に鋭利な先端を持つ枝を生成しながら告げた。

「貴方は枯れ果てた作物を見て、『生命力を吸い取られている』と言った。レイズは特に疑問を抱かなかったみたいだけど、私は違う。作物が枯れている原因も、無事な作物が小さい理由も、間違いなくそれ。たとえ表現だとしても、そこまで的確に言い表すのは不自然」

「……なるほど」

恐ろしい直感……いや、洞察力。まさか序盤も序盤に感づかれていたとは。

「植物学者を気取るために、ボロを出しすぎたということかな……？」

「そう。役者には向いてないみたいね――エインさん？」

「想定外。いや、予想以上だよ、宮廷魔法士。瞬時にこれほどの巨木を生み出し、強力な力でこの魔獣を締め上げるとは。危険度で言えば、このマンドラゴラは最上級危険種に分類される。聞いていた通り、君は相当優秀な魔法士のようだ。だが――」

この戦い、どうやらこちらに軍配が上がるようだ。

「植物を生成し操ることが君の戦闘スタイルならば、心底同情しなければならないな。マンドラゴラはあらゆる命から生命力を奪う略奪者。それを操る手段を持つ私に、君が勝てる可能性は零《ゼロ》――」

「それこれのこと？」

と、女が片手を眼前に突き出す。そこには、私が持つ服従の魔笛が……は？

「わ、私の魔笛が――」

「馬鹿なの？　貴方が自慢げにそのキモイ魔獣についてベラベラ話している間にこれを奪ったことに気づかないとか……危機感なさすぎ。じゃ、ホイッと」

「あ」

女は魔笛を両手に持ち、そのまま二つにへし折った――その時。

マンドラゴラを締め上げていた巨木が瞬《まばた》き程の速度で朽ち果て、大地を震撼《しんかん》させる産声の咆哮《ほうこう》が響き渡った。

第二十話　執事と宮廷魔法士

「レイズ様ッ！」

正面玄関の大きな門を開けて屋敷の中に入ると、僕が戻ってくるのがわかっていたかのように、リシェナ様が駆け寄ってきた。わかっていたというか、戻るまでずっと玄関で待っていてくれたのかな。心配性だな、この王女殿下は。

「リシェナ、様」

「はい、私です！　また、こんなに傷だらけになって……すぐに手当てをしますから！」

涙目になって僕の傷を確認してくれるリシェナ様。いつの間にか、ベラさんや屋敷の使用人さんもタオルや包帯を持って待機している。気持ちはありがたいけど、今は自分の傷に構っている暇はないんだ。

「ロイドさんは、何処《どこ》ですか？」

「え？　ロイドさんなら、オーギュスト公爵の執務室にいると思いますけど……」

「ありがとうございます。時間が惜しいので、傷の手当ては後で」

今は、すぐに彼の元へ行かないと。その一心で前に進みだしたところで、正面から僕の行く手を阻《はば》むように、リシェナ様が抱き付いてきた。血を失い、平常よりも体温が下がった今、彼女の温かさがより鮮明に伝わってくる。

「リシェナ様？」

「ボロボロの状態で何を言っているんですか……こんなに血色が悪くて、相当血を流したんですよね？　骨も折れていますし、出血も止まっていません。早く治療しないと、死んでしまいます！」

「僕は大丈──」

「大丈夫なんかじゃありませんッ！　今は誰かの心配ではなくて、自分の心配をしてください。傷だらけの貴方に治療を拒まれる皆の、私の気持ちを、考えてください……」

眼《め》から雫《しずく》を零《こぼ》しながら訴えかけるリシェナ様に僕は言葉を失い、頭が急速に冷えていくのを感じた。冷静になれば、彼女の心配も当然だろう。全身血塗《ちまみ》れ、破れた衣服の間から覗《のぞ》く傷は大きく、肋骨《ろっこつ》部分なんて内出血をして真っ青だ。こんな状態で大丈夫なんて言われても、信用できないだろう。

強引に進もうとしていた僕は身体に込めていた力を抜いた。

「すみません。少し、焦《あせ》っていました」

「手当てが先です。いいですね？」

「はい。わかりました」

玄関から一番近い応接室に入った僕は服を脱いで上半身裸になり、ソファの上に仰向けで横たわった。改めて自分の身体を見てみると、結構悲惨な状態だったのがわかる。リシェナ様や使用人さんたちが、患部を見て息を呑《の》む音が聞こえたし、相当酷《ひど》いんだろうね。

「私は折れた肋骨と傷の深い首筋に治癒魔法をかけます。皆さんには他の切り傷をお願いしたいのですが……この中で治癒魔法が使える人は？」

「残念ながら」

ベラさんや使用人さんたちは申し訳なさそうに目を伏せる。けど、別に責めることではない。元々治癒魔法士はそれほど数が多くないし、使用人という立場なら使えなくて寧《むし》ろ当然。王女でありながら習得している、リシェナ様が珍しいのだ。僕は緊急時のために、治癒力を少しだけ向上させる治癒魔法の中でも、初歩中の初歩を使えるだけ。

リシェナ様は特に落胆する様子も見せず、的確に指示を飛ばした。

「では、皆さんは切り傷の消毒や止血をお願いします」

「はい！」

と、使用人さんが慌ただしくお湯に浸したタオルで僕の身体に付いた血を拭っている時。

「レイズ殿が戻ったと聞いたが」

応接室の扉が開き、オーギュスト公爵が入室してきた。その後ろには、レナ様とロイドさんの姿も見える。僕が戻ってきたことを、使用人さんが伝えに行ってくれたのかな。ありがたい、こちらから行く手間が省けたよ。

大事な話をするので、と僕は使用人さんたちに部屋を出るようにお願いし、全員が出払ったところで、公爵様が僕に声をかけた。

「かなり、負傷したようだな。話すことはできるか?」

「はい。ですが、今はあまり時間がありませんので、手短に必要なことだけ――」

僕は先の戦いで得られた情報を話した。農業地帯に起きている現象はマンドラゴラという人造魔獣によって引き起こされたものであること。今回の事件を引き起こした黒幕たちの目的は、エフェルを壊滅させること。そして、マンドラゴラを生み出す際に、ロイドさんの奥さんであるシエラさんの遺体が使われたこと。これらを手短に、要約して伝えた。

「その情報は確かなのね?」

「盗み聞きしたことですので、嘘《うそ》はないと思います。今、その魔獣の元にはアリナさんが向かっていますので――」

そこで、気が付いた。レナ様の隣にいるロイドさんが顔を真っ青にして、脂汗を額に浮かべていることに。奥さんの遺体が利用されていることへの怒りかと思ったが、明らかに違う様子だ。

全員の視線が彼に集中した時、彼は徐《おもむろ》に口を開いた。

「……申し訳、ございません。全て、存じ上げております」

……は？

「どういう、ことですか？　知っていた？」

「……はい。全てではございませんが、マンドラゴラを生み出す核に、シエラの遺体が使われていることは知っております。彼女の遺体を提供したのは、他ならぬ私ですから」

その場にいる全員、驚愕《きょうがく》で言葉を発せずにいる。

皆が皆、頭を抱えていた今回の事件。まさかこんな身近に、関与している者がいるとは誰も考えなかっただろう。だけど、改めて考えると思うところは幾つかあった。最初に農業地帯の調査に出向いた時、エインさんと話している彼の表情が妙に強張《こわば》っていたのも、今思えば不自然なことだったよ。

「……ロイ――」

静寂の中、公爵様が口を開きかけたところで、僕は痛みを無視して立ち上がり、瞬時にレイピアを抜いて切っ先をロイドさんへと向けた。いつでも彼の心臓を穿《うが》つことができるように狙いを定め、刀身に雷を這《は》わせて。

それを見たレナ様とリシェナ様が声を張り上げた。

「レイズ様!?」

「何をしているの、レイズッ！」

「お忘れかもしれませんが、僕は殲滅《せんめつ》兵室に属する魔法士。王国に仇《あだ》なす脅威を殲滅、排除する兵器です。今彼は、僕の中では排除するべき脅威そのもの。ここで役目を果たしても、文句は言わせません」

一瞬たりともロイドさんから視線を外さずに告げる。彼の行いは王国に対する反逆に等しい。僕がここで手を下さなくても、死刑は免《まぬが》れないだろう。

「武器を下ろしてくれ、レイズ殿。まだ、ロイドから何も聞いていないであろう。手を下すのは早計にすぎる」

「……わかりました」

公爵様に言われてレイピアを下げると、リシェナ様が僕を座らせて治療を再開する。中断させてしまったことを申し訳ないと思いながらも、僕はロイドさんに鋭い視線を向け、耳を傾ける。それを合図と受け取ったロイドさんは、微《かす》かに俯《うつむ》きながら話し始めた。

「……シエラを亡《な》くしたばかりの頃、彼女の死を受け入れることができなかった私は酒屋に入り浸っておりました。どうして先に逝《い》ってしまったんだ、もっと一緒にいたかった。

そんな嘆きを胸に、普段飲まない酒を無理に呷《あお》っておりました。そんなある日、私は植物学者を名乗る一人の男と出会いました。胸中の失意を誰かに聞いてほしかった私は、彼に妻に対する想《おも》いを打ち明けました。シエラに対する未練があると言った時、彼はこう持ちかけてきたのです。『奥さんの命を蘇《よみがえ》らせてみないか？』と。当初は冗談だと思っていましたが、彼の話には妙なリアルさがあった。何より、蘇らせることができるという言葉は、私にとって飢餓状態で目の前に差し出された果実同然の提案でした」

「その甘美な誘惑に負け、貴方《あなた》はシエラさんの遺体を提供した、と」

僕は呟《つぶや》き、内心で燻《くすぶ》っていた怒りを徐々に鎮《しず》める。一先《ひとま》ず、彼はエフェルを滅ぼすためにシエラさんの遺体を渡したわけではないことはわかった。それがわかったのならば、僕が手を下すのは、彼ではない。

「ありがとうございます、リシェナ様。もう、その辺りで大丈夫です」

「でも……わかりました。どーぞ」

リシェナ様は僕が何を言っても聞かないと理解したようで、投げやりに衣服を手渡してくれた。申し訳ないけど、こうしている間にもアリナさんは戦っているわけで……僕がゆっくりしているわけにはいかないんだ。

「ロイドさん、貴方は騙《だま》されています」

「え」

「確かに蘇らせるという言葉に嘘はありません。ですが、その男は蘇ったシエラさんを貴方に会わせることなく、僕が先ほど始末した生物に食わせる予定だったんです」

「そんな……」

僕の言葉を聞いて、ロイドさんはその場に膝を折った。

騙されていたことを知らされ、奥さんと再会するどころか、得体の知れない生物に食われていたかもしれないという事実が、彼を呆然《ほうぜん》とさせたのだろう。騙されている可能性を考えることができない程、盲目になっていたというところか。

絶望の表情を浮かべる彼に、公爵様は問いかけた。

「お前はそれでいいのか？　シエラと再会するために代償を払ったのにも拘《かか》わらず、彼女と会えずに終わって」

「……いえ」

「ならば、己の罪を償う前に――シエラと会ってこい。処分は、それからだ」

「よろしい、のですか？」

見上げたロイドさんには顔を向けず、目を伏せて腕を組んだ公爵様は厳かに言った。

「手の届く場所に願望があるのならば、立て、動け。そして代償を支払った対価をしっかりと受け取ってこい。払い損は許さんぞ」

ちらりと、公爵様の視線が僕に向けられた。言われなくてもわかっていますよ。

「一人くらいなら問題ありませんが、移動はどうするのですか？」

「これを使わせる」

そう言って公爵様がロイドさんに投げ渡したのは、一本の鍵だった。

「試作段階ではあるが、凹凸の激しい農業地帯も走行できる専用車のものだ。少なくとも、馬よりは速いぞ」

「わかりました。と言っても、僕が一緒に行くのはエフェルから少し離れた場所にある展望塔までです。僕は遠距離戦を得意とする魔法士ですので、僕の戦場はそこになります」

「戦場って……戦う、のですか？　そんなボロボロの状態で」

「誰のせいですか。今、アリナさんがマンドラゴラの元へ行き、死闘を繰り広げているはずです。その援護は、スナイパーである僕の役割ですから」

「その傷で……無茶な」

僕の怪我《けが》の状態を見れば、誰だってそう言うだろうね。至るところを包帯で巻かれ、その包帯には血が滲《にじ》んでいる。満身創痍《まんしんそうい》も同然の状態で、どうすれば遠距離魔法の照準を定めることができるのか、と。

「それでも、無茶でも行くんです。これは貴方が蒔《ま》いた種ですが、出た芽を摘むことは貴方にはできません。ならば――」

身支度を整えた僕はローブに袖を通す。腰元にレイピアを装備し、右肩に描かれた紋章を左手で押さえ、言い放つ。

「出た芽を摘む、いえ、根元まで引き抜き燃やし尽くすのは僕たち――宮廷魔法士の役割です」

第二十一話　人造魔獣

「大樹の拘束が――ッ」

木が粉々に朽ち果てていく様を見ながら、私は無意識に舌打ちする。鋼鉄を粉砕する程の力で締め上げていたのに、あの球体には傷一つ付いていない。どれだけ頑丈なのか……。

「笛を折った瞬間だったし、制御下を離れたことで暴走し始めたってこと？」

「ぼ、暴走では、ない」

球体のすぐ傍《そば》で腰を抜かしたエインが虚勢を張りながら、それでも動揺を隠しきれない声を震わせる。さっきまでの威勢は何処《どこ》に消えたのか。

「貴様が笛を折ったことで、生命力を吸収する速度が加速し、一気に覚醒したのだ。今までは私が制御していたが、その手段はもう失われた。マンドラゴラは、際限なく生命力を求めることになる」

「ふぅん。でも、私たちには影響がないみたいだけど？」

「何のための人造魔獣だと思っている。自分たちに害があるような能力は備え付けない。だが、刻まれた命令には忠実に動くぞ？　このままエフェルを破壊し、次は王都へと――

ッガ⁉」

「どうでもいい」

瞬時に生み出した太い蔓《つる》でエインの側頭部を殴りつけた。その衝撃で土の上をゴロゴロと転がる様は見る価値すらないから、視線すら向けない。

「どっちみち殺すだけ。こんな傍迷惑《はためいわく》な生物は、さっさと処分するに限る」

私は真《ま》っ直《す》ぐに、八本の巨大な足を生やしたマンドラゴラ——長いから蜘蛛《くも》でいいや——を見据える。卵のような形をした胴体から等間隔に生えた脚部は土筆《つくし》のような形状をしていて、その先端は鳥の鉤爪《かぎづめ》のよう。あれで身体《からだ》を削られたら、即死だ。

「しかも……」

足元から植物を生み出すと、五秒程経過した途端に枯れ果ててしまった。農業地帯で朽ちていた作物と同じように生命力を吸収され、形を保つことができない。

ただ存在しているだけで周囲に死を振りまく悪魔。

こんなに私と相性の悪い生物がいたなんて、思いもしなかった。早くレイズが来てくれないと、本当に不味《まず》い——。

「は——ッ⁉」

想像を遥《はる》かに超える速度で振るわれた脚を視認し、私は咄嗟《とっさ》に巨木を生み出して防御を

図る。が、盾となった木は凄《すさ》まじい威力に耐え切れず、中間から二つに折れてしまった。木では無理と判断して後方に跳躍すると、数瞬前まで私が立っていた場所に蜘蛛の脚が振りぬかれた。風を切る音が鼓膜を震わせる。直撃していたら、全身の骨が砕かれていたかも。

「刺突樹《しとつじゅ》」

手首を上に曲げ、地面から勢いよく突き出した何十本もの木が蜘蛛の脚や胴体に向けて伸びる。八本の脚には貫通したけれど、丸い胴体にはまるで歯が立たない。突き出た木が逆に折られるということになってしまった。脚に刺さった木も、すぐに朽ち果てていく。

こんなのどう倒せって言うの？　植物を生成してもすぐに生命力を吸収されて、強い魔法が全然使えない。適材適所がうちの部署のやり方だっていうのに……本来なら、この蜘蛛の相手は炎を操るエルトがやるべき……ん？

「人？」

蜘蛛の胴体がどんどん透けて、その中に白装束で身を包んだ女の人が浮かんでいるように見える。あれは、誰？　なんであんなところに浮かんで──穿《うが》たれた穴から緑色の体液を吹き出しながら、蜘蛛は私に向かって突進する。考える暇なんてくれないのは、当然か。

「樹木獅子《じゅもくしし》、龍木《りゅうぼく》」

蜘蛛の進路から逸《そ》れた直後、巨大な木の獅子と龍を構築し、一気に畳みかける。生命力が吸収されようと、どれだけ頑丈であろうと、どのみち攻撃し続けなければならない。たった五秒でも植物が形を保つのなら、五秒以内に攻撃してしまえばいいだけのことッ！

正面から蜘蛛に衝突した獅子は三本の脚を叩《たた》き潰し、天高く昇った龍は身体の半分を朽ち果てさせながらも口腔《こうこう》を開いて胴体へ垂直に落下。衝突と同時に牙を突き立てる。十秒程が経過し、完全にそれらが朽ち果てた時、あれほど硬かった胴体に亀裂が入っていた。

魔力の残量を全く考えない攻撃だけど、

「案外いける……わけないか」

すぐに自分の考えが甘かった、と訂正する。亀裂が入った胴体はすぐに元に戻り、千切れた脚部も再生。出鱈目《でたらめ》な回復力だけど、よく考えれば当たり前のことだった。

「私が幾ら攻撃しても、私の植物から生命力を吸収して再生するんだもんね。いや、寧《むし》ろ攻撃すればする程、成長の手助けをしてるってことか」

ここに来て、理解した。

こいつは、私の魔法では倒すことができない。扱いやすい植物での攻撃に特化したスタイルを通してきたのが、ここに来て仇《あだ》となった。

「地中の金属や微生物の操作を、もっと訓練しておけばよかった」

自嘲気味に言いながら額の汗を拭った時、傷の修復を終えた蜘蛛が怒り心頭と言った様子で再び脚を振るった。先ほどとは比べ物にならないくらいの速度に、回避は不可能と判断した私は腕を交差させ、衝撃緩和をかけて受ける。が、

「重――ッ⁉」

尋常ではない重みを持った一撃に踏み留《とど》まることができず、地面を削りながら吹き飛ばされた。直前で身体を捻《ひね》り、鉤爪を回避できたことは僥倖《ぎょうこう》。だけど……あぁ、駄目だ。今の一撃で左腕が折れた。エフェルにヘレンはいないから、すぐに完治させることはできないっていうのに。

でも、吹き飛ばされたから、距離を取ることはできた。けど、この距離もすぐに詰められると思う。残存魔力は七割弱。一か八か、地中の金属をかき集めて串刺しに――上着の胸ポケットに入っていた通信石が軽快な音を鳴らした。

戦闘中に出るなんてあり得ないことなんだけど、相手は多分レイズだし、応答する。

「遅い。今どこ」

『すみません、少し手間取りまして。今は展望塔へと向かっている最中です。そちらの状況は？』

「酷《ひど》い。私の魔法が通じないどころか、植物の生命力を全て吸収して成長される。丁度さ

っき吹き飛ばされて、腕を折られた」

『やっぱり、相性が悪いみたいですね。帰ったらすぐに治療しましょう。で、アリナさんにお願いがあってですね』

「？」

手短に纏《まと》められたそのお願いを聞いた私は、絶望的な状況に一筋の光を見出《みいだ》した気分になった。そうだった。殲滅《せんめつ》兵室の戦いには常に、飛び切り優秀で頼りになる子が後ろにいるんだった。

「了解。ただ、その後のことは任せる」

『問題ありません。たとえ目を潰されていても、僕は狙った的を外しませんので』

「頼もしいことで」

通信を切断し、ゆっくりとこちらに歩み寄る蜘蛛を見据える。

大丈夫。倒す未来は、もう見えた。あとは、私がそのための準備をするだけ。

「余計な注文が入ったけど、それは後でしっかりと取り立てるからね、レイズ」

第二十二話　道中

「いいですか、ロイドさん。展望塔に着いても車を停《と》めず、走り続けてください」

　アリナさんとの通信を切った後、僕が車の窓から運転席に座るロイドさんを覗《のぞ》き込んで伝えると、彼は怪訝《けげん》そうに僕へ顔を向けた。

「レイズ様は、どうなさるのですか？　停車しないなんて」

「勿論《もちろん》、展望塔を通過する直前に車から飛び降ります。今は時間が惜しいですから、一度停車して再発進する時間すら無駄です」

　今、僕らは公爵様が貸してくれた車で農業地帯を猛進している。ロイドさんが制御できる最大の速度で駆け抜け、目的地に向かっている途中だ。ちなみに飛び降りると言っているので、僕の姿は車内にはない。

「何のために僕が屋根の上に乗って移動していると？」

「それはそうですが……ただでさえ負傷している状態ですのに、更に負荷をかけてもいいものかと」

「なら、最初からこんな事態を招かないでほしかったですけどね。言っておきますけど、僕は普通に怒っていますから」

「それは……勿論、承知しております」

唇を噛《か》んで申し訳なさを前面に押し出すロイドさんを見ると、中々責めることができなくなる。反省はしているようだけど、反省して済む領域を超えているんだよね。

『そのくらいにしてあげなさい、レイズ。まずは、脅威を殲滅することが先よ』

『それより、危ないので体勢を戻してください！』

「……わかりました」

両肩から聞こえた声に不承不承、僕は屋根から顔を出すのをやめてその場に片膝立ちになる。申し訳ないとは思うけど、助手席の真上からレイピアを突き刺しているので落ちる心配はない。

それよりも……。

「念のため、もう一度聞いておきますが……こうまでして状況を見る必要はあったのですか？　レナ様、リシェナ様」

『『勿論（です）』』

僕が右腕を突き出すと、両肩に乗っていた二羽《わ》の小鳥がそこに移動してくる。彼らの首には、紐《ひも》を通された通信石が下げられている。

「はぁ。視覚だけとはいえ、僕は貴女《あなた》たちを連れてくるつもりはなかったんですが」

『そんなこと言っても駄目よ。私はエフェルを治める家の者として、事件の解決を見届けなければならないのだもの。それは王族であるリシェナも一緒』

「本音は?」

『殲滅兵室の中で唯一知らない貴方《あなた》の魔法を見る絶好の機会だもの。逃すわけがないわ』

あっさりと本音を言いやがった。少しは誤魔化すとかしないのか、この人は。

『でも、実際に行くなんて言ったら貴方が怒っちゃうだろうし、こうして使い魔と視覚を共有することで妥協したのよ。通信石で話もできるし』

「……リシェナ様は、申し開きはありますか?」

『え? あー……ほ、ほら、私の占有魔法が何か役立つかもしれませんし! 使い魔越しであっても、心眼《しんがん》は行使できますので!』

苦し紛れの言い訳にしか聞こえないし、実際彼女はそのつもりで言っているのだろう。攻性魔法ではない心眼が、戦闘で効果を発揮する機会はない。

でも、確かに彼女の言うことには一理あると思った。

「確かに、役に立つ時があるかもしれませんね。その時は、お願いします」

『え? あ、は、はい!』

そんな機会あるのか？　と疑問な様子のリシェナ様。彼女はわかっていないようだけど、有用性はある。今すぐにではないけどね。

そうこうしている内に、展望塔がすぐ近くに迫ってきた。

「ではロイドさん。僕はそろそろ降ります。貴方はこのまま真っ直《ます》ぐに走り続けて――真っ赤な花火が上空に咲いたら、すぐに進路を変えてそちらに向かってください」

「花火、ですか？　それはどういう……」

「いずれわかります。では、聞き取れなかった奥さんの最後の言葉、しっかりと聞いてきてくださいね」

「！　憶《おぼ》えていたのですか？」

それには答えず、レイピアを引き抜いて車から飛び降りる。着地と同時に地面を蹴り、展望塔の木製のドアを勢いのまま蹴り破って中に入る。

『ちょっ、一応王国の文化財よ？！？』

「エフェルを失うよりはマシだと思ってください。時間がないんですから」

『それはそうだけど……いえ、わかったわ。必要経費だと割り切る……はぁ』

溜息《ためいき》を吐《つ》くレナ様は言葉ではそう言いつつも、納得がいっていない様子。でも、これもエフェルを護《まも》るためだから、ちゃんと割り切ってほしい。

螺旋《らせん》階段を一気に駆け上がり、数十秒程で最上階の展望テラスへと到達。すぐに無属性近距離中級魔法——視覚強化と魔力感知を同時に発動。眼下に広がる農業地帯を一望し、目的の魔力を探す。

「……見つけた」

展望塔からおよそ十四キーラ程離れた地点に、濃密な魔力を宿す巨大な生物と、凄《すさ》まじい速度で小さくなっていく魔力を感知。マンドラゴラとアリナさんだ。最悪とも言える相性の敵を相手取り、僕の無茶なお願いを叶《かな》えようと奮闘してくれている。

僕は一刻も早くマンドラゴラへと魔法を放ちたい衝動を抑え、レイピアを石材の床に突き刺した。

『……大分苦戦しているようね』

何故《なぜ》魔法を使わないのか、なんて野暮なことは聞かず、レナ様は苦々しげに呟《つぶや》く。攻撃しない理由は、先ほどアリナさんとの通信を聞いていたから。

「はい。でも、アリナさんは必ずやり遂げてくれます。普段は自堕落で仕事も碌《ろく》にしなくて、僕に理不尽を押し付けて自分勝手で自由で我儘《わがまま》で傍若無人な彼女ですけど」

『言いすぎじゃないかしら？』

「信頼だけはしているので、大丈夫です」

アルセナスの事件の時もそうだったけど、有事の時、僕の先輩たちは凄《すご》く頼りになる。安心して前線を任せられるから、僕も背後から援護に徹することができるんだ。頼もしい僕の先輩は、絶対にやり遂げてくれるよ。

レイピアの柄《つか》に手を添え、高鳴る心拍数を感じていた時、リシェナ様が唐突にこんなことを問うてきた。

『レイズ様、もう私たちに怒って……ないのですか？』

「怒ってる？」

『はい。私たちが、その……強引に使い魔を持たせたことに』

窺《うかが》うような声音のリシェナ様に、僕は首を傾《かし》げた。別に、僕は使い魔を持たされたことに対して怒っていない。どうして彼女はそんな風に思ったのだろうか。

『そうね。車で移動している最中、貴方はずっと苛立《いらだ》っているように見えたわ。それは私たちに向けての怒りではなかったの？』

「苛立っているように、見えましたか？」

『少なくとも、私たちにはね』

指摘され、僕は思わず肩を落とした。参ったな、しっかりと感情をコントロールできていたつもりだったんだけど、見抜かれていたようだ。別に隠すことでもないので、話すけど……少し恥ずかしい。

「答えないと、駄目ですか」

『教えていただけると、嬉《うれ》しい、です』

「……今回の黒幕に対して、ですよ」

　リシェナ様に頼まれたら断れない僕は、諦めてやけくそ気味に話す。

「農業地帯を荒らしたとか、エフェルを壊滅させようとしたことに怒っているだけではありません。大切な人を想《おも》う気持ちに泥を被《かぶ》せ、踏み躙《にじ》ったことに、僕は苛立ち怒っているんです。人の弱い部分につけこんで、甘い言葉で惑わし、最後には裏切る行為に」

　愛する人を想う気持ちを利用するなんて、卑劣を極めている。心底嫌悪《けんお》感が湧くし、考えるだけで怒りが湧いてくる。許せない。

『優しいですね、レイズ様は』

「そうですか？」

『はい。人のために怒ることができる人は、例外なくいい人だって、決まっています』

　そう言うリシェナ様の表情を見ることはできないけれど、きっといつもの、優しい微笑《ほほえ》みを浮かべているに違いない。ちなみにその隣で、レナ様がニヤニヤしているのが目に浮かぶよ。何を喜んでいるのかは知らないけどね。

「……ありがとうございます。でも、今はその怒りもほとんどありません」

『あら、どうして？』

「だって――」

先ほどから高鳴っているこの心臓の鼓動は、歓喜を感じているからだ。

武者震いがする。もうすぐ訪れる未来に、僕は楽しみを隠し切れなかった。

「この超遠距離から、敵を狙い撃ちするんですよ？　チャンスは一回のみ。しかも外せば、エフェルと一緒に僕らはあの世行き。正真正銘の一発勝負。こんな状況で闘志が湧いてこなければ――スナイパー失格です」

第二十三話　執事の追憶と、準備完了

よく冷え込んだ春の早朝。

「見てください、ロイドさん。霜が降りていますよ」

私がオーギュスト公爵邸の庭へ出ると、そんな声が鼓膜を震わせた。言われた通り、庭園を彩《いろど》る花々に目を移せば、逞《たくま》しく伸びる緑の身体《からだ》には白い霜が降りていた。息を吐けば白く濁るのと同じく、その光景は今朝が厳しい寒さであることを実感させる。

「ええ。昼間は暖かいので冬は終わったと思っていましたが、考えを改めねばなりませんね」

「寒暖差で、体調を崩さないようにしないといけませんね」

分厚い手袋を嵌《は》めた手を左右に振りながら笑う彼女は、シエラという名前だ。公爵邸に仕える使用人の一人であり、その仕事ぶりは周囲からも高く評価されている。

手入れを欠かしていないであろう美しく長い茶の髪に、綺麗《きれい》な顔立ち、翠玉《すいぎょく》の双眸《そうぼう》。メイド服の上に厚手の上着を羽織っている彼女は、朝だというのに元気がいいことこの上ない。

何だか、見ているこちらまで元気が湧いてくるように思える。

「花、閉じてしまいましたね」

「花？　あぁ、月下桔梗《げっかききょう》のことですか」

シエラが膝を折った先には、月下桔梗が植えられた花壇が。その花は彼女が自ら植えたものであり、彼女が愛情を注いで育てているもの。満月の夜には綺麗な白い花弁を開かせる花も、月が沈んだ今は眠るように花弁が閉じられている。

「昨日で満月は終わりましたし、次に見られるのは一ヵ月後ですね」

「随分と寂しそうですね。そんなに悲しいですか？」

「それはそうですよ。好きな花が一ヵ月見られないって考えると、切なくなるんです。好きな人と離れ離れになる気持ちと、同じですね。でも、それと同じくらい」

シエラは指先で閉じた白い花弁に触れ、儚《はかな》げな微笑を浮かべた。

「見られる時間が限られるから、美しいと思うんですよ」

「……」

彼女の言葉を聞いていた私は、ただ無言で頷くだけ。呟いたシエラの、その儚げな横顔から、目を離すことができなかった。

凹凸の激しい舗装されていない畑道を全速力で進みながら、速くなっていく心臓の鼓動を感じていた。時が経《た》つにつれて、加速していき、大きく脈動を繰り返す。それは待望によるものか、はたまた焦燥か。判別はつかないけれど、どうでもよかった。

「もうすぐだよ……シエラ」

愛《いと》しい君に、再び会うことができる。声を聞くことができる。美しい瞳を覗《のぞ》くことができる。抱きしめることができる。

聞き取ることができなかった……最期《さいご》の言葉を知ることができる。

落ち着かない心臓の鼓動をやけに大きく感じながらハンドルを握りしめ、レイズ様に言われた通り、赤い花火が上がるのを待ちながら直進する。

外を流れる風景は、徐々に緑をなくしていった。

◇

レイズから通信を受けてから、どれだけの時間が経ったのか。

あれから私は自分の持てる全てを出して戦い続け、時間を忘れて魔法を放ち続けた。どれだけ出そうと朽ち果てていく植物を延々と生み出し、通用しない攻撃を繰り返した。

その結果は、お察しの通り。

今やこの巨大蜘蛛《ぐも》は、私の植物たちの生命力を大量に吸収し、二倍ほどの大きさにまで成長している。八本脚は十六本になり、正面と思われる胴体には無数の牙が並ぶ大口。この姿になってからは、植物は五秒も原形を保てなくなった。

「やってられない……」

身体を襲う疲労感に、私は蜘蛛から少し離れた場所で片膝をつき、折れた片腕を押さえる。もう、身体中ボロボロ。戦闘で土は被るし、服は切られるし血が滲《にじ》むし……最悪。二度とこんな敵の相手なんかしない。

「ふ、ふふ、随分と痛めつけられたようだな」

「……エイン」

マンドラゴラの後ろの方に立っているエインが、私を嘲笑《あざわら》う言葉を零《こぼ》す。正直、存在自体忘れてた。そういえばあれが今回の事件の犯人なんだった。

「後ろでコソコソ隠れているだけの貴方《あなた》が何を言ってるの」

「負け惜しみか？　制御下にないとはいえ、マンドラゴラは私の駒だ。こいつが勝つということは、即《すなわ》ち私の勝ちということ。忌々《いまいま》しい宮廷魔法士に、私が打ち勝ったのだ」

「勝ったって、まだ勝負は終わってないんだけど？」

「今更事実は覆《くつがえ》らない。現にもう一人の小僧も、今頃は私の協力者が生み出した生物の餌となっていることだろう」

自信満々に言うエインに、私は呆《あき》れてしまう。

……もしかしなくても、レイズのことを言ってるの？　あぁ、あの子が負けたと思ってるから、私が死ねば対抗できる戦力はないって考えているわけね。おめでたい頭だとは思っていたけど、ここまで来ると滑稽でしかない。普通に考えて、こういう一大事の時にレイズが負けるわけがないのに。

「しかし、実に惜しいな」

先ほどとは目つきを変えて、エインは私の身体を舐《な》めるように見回す。

「こんな場でなければ、十分に遊んでやることができたのだが」

「それ以上キモイことを言うなら首をへし折る」

気持ち悪すぎて反吐《へど》が出る。今の私に無駄に使える魔力が残っていないことが、残念でならない。残存魔力は一割程。どれだけの魔法が使えるかは、わからない。

「フン、今更貴様をどうにかしようとは思わんが……ん？　どうしたマンドラゴラ。何故《なぜ》全く動こうとしない？」

疑問気に蜘蛛を見上げるエインには、ほとほと呆れるしかない。

蜘蛛は人間の生命力を吸収しないだけで、攻撃はしてくる。制御下を離れているのだから、それはエインも一緒。じゃあどうして全く攻撃しないどころか、身動き一つしないのか。

蜘蛛の足先を見れば、すぐに答えはわかること。

「流砂って知ってる？　主に砂漠で起きるものなんだけど、水分を大量に含んだ脆《もろ》い地盤が、圧力によって崩壊してできる底なし沼。一度沈めば、専門の知識がないと抜け出すことは難しい自然のトラップ。それを、私はその怪物の足元に再現した」

蜘蛛の脚は今や、半ばから地面の中に沈んだ状態にある。十六本の脚全て、例外なく。

それをようやく認識したエインは、苦々しげに私を睨《にら》んだ。

「まだ悪あがきを！」

「本当は全身を沈めたかったけど、そんな魔力は――」

ない。と続けようとした時。

丸い胴体に閉じ込められていた女の人が、壁をすり抜けるように、外に出てきた。

いや、出てきたというよりも、吐き出されたと言った方が近い。私がいる方へと放出された彼女は、放物線を描きながら地面へと落下していく。

「って、見てる場合じゃない！」

間一髪、地面にぶつかる寸前に折れてない方の腕で彼女を受け止めて、すぐに気が付いた。

体温なんて微塵《みじん》も感じられない程冷たい上に、脈が完全に停止している。呼吸をする息遣いも全く聞こえてこないし、血色も異様に悪い。医者が彼女を診察すれば、すぐにでも死亡判定を下すだろうけど、目を閉じた顔からは不思議と生気が見える。まるで、ただ眠っているだけのような、そんな感じ。

困惑と疑問に首を傾《かし》げていると、唐突に、エインの癪《しゃく》に障《さわ》る笑い声が聞こえてきた。

「あっはははは ッ！　遂《つい》に完全な成長を遂げたかマンドラゴラ！」

エインは両手を広げて、泥に脚を沈ませながら何度も脈動する蜘蛛を見ている。正直見るのもキツイくらいだけど、その顔は拝んでおこう。

「感謝するぞ、植物女ッ！　貴様が馬鹿みたいに植物を大量に生み出し、マンドラゴラの糧《かて》としてくれたおかげで、予想よりも遥《はる》かに早く成長を遂げることができた！」

「はいはい」

「その女を排出した今、マンドラゴラは完全な状態へと成長した。今まで以上の強さと速さ、凶暴さ、頑丈さ、そして吸収力を持って、エフェルへと進む。そして次々に、王国に巣食うあらゆる生命力を吸収してやるッ！」

「へー」

「貴様ももっと危機感を持ったらどうなのだ!?」

「無理」

これ以上私が蜘蛛に対してやることはないし、休憩していてもいいでしょ。休んでる時に面倒な話を聞かされても、右から左に抜けていくだけ。そもそも難しい話はレイズかヘレンに任せるべきだし、正直どうでもいい。

エインはその態度が気に入らなかったみたいだけど、荒々しく鼻を鳴らして、恍惚《こうこつ》とした表情で蜘蛛に視線を戻した。

「さぁ、新たな姿を私に見せてくれッ！」

その呼び声に応じるように、蜘蛛の身体は段々と脈動を加速させていく。次第に女の人が入っていた胴体に亀裂が入り、白い光が周囲へと漏れ始めた。

その様子は、新たな生命が卵の殻を自ら破り、誕生しようとしているよう。

あと数分もすれば、その生命は産声《うぶごえ》を上げて地に降り立ち、エフェルを蹂躙《じゅうりん》する進行を開始する。

──そんな未来は、ありえないけど。

「本当に、貴方は頭が弱いのね、エイン」

「……何が言いたい」

「疑問にすら思わなかったの？　どうして私が、生命力を吸収されて無駄になるとわかっている攻撃を続けたのか」

「……？」

「はぁ、ここまで言ってもわからないなんて、本当に呆れて呆れて呆れかえる」

いや、もう面白いって領域にまで入ってる。頭の回転が悪すぎるというか、自分の都合のいいことしか考えていないというか。戦いっていうのは力任せに臨むものじゃなくて、学者なんかよりよっぽど頭を使うことだって、知らないみたい。

特に、あの超変態狙撃をする後輩は、知略を駆使して戦うタイプだってことを。

「私は最初から、その蜘蛛を倒すために戦っていたんじゃない。蜘蛛の胴体から、この人を取り出すことだけを考えて、植物を生み出し続けていた。この人を救出すれば──私の可愛《かわい》い後輩が、残ったゴミを一撃で処理してくれるから」

エフェルの方角から、濃密な魔力の本流を感知。その方角に顔を向けると、この場所からでもわかる程、赤い輝きが存在を主張しているのがわかった。八星矢《はちせいや》の中で私が見たことあるのは、雷だけ。あれは、見たことのない属性だ。

「……無茶なことを言ってくれる」

蜘蛛の進行を食い止めながら生命力を吸収させて、女の人——シエラという人を救出してくれなんて、無理無茶が過ぎる。

こうして無事に完遂してあげたんだから、帰りの列車でたっぷりと苛《いじ》めてあげよう。屋《や》敷《しき》では、お姫様に譲ってあげるけど。

「じゃあ、無駄な努力ご苦労様。その蜘蛛が進化した後の姿を見ることができないのは、わかりきっているでしょ？」

「あり、えない。あんな場所から、ここにいるマンドラゴラを屠《ほふ》ることなんて……」

現実逃避をし始めたエインに、私は無慈悲に言い渡した。

「うちの室長曰《いわ》く、あの子は殲滅《せんめつ》兵室で一番の戦闘狂。自分が穿《うが》つと決めた相手は、どれだけ離れていようと絶対に打ち抜く。だから、瞬《まばた》きせずに見ていなさい。王国最高のスナイパーが見せる——神業を」

第二十四話　炎の龍星

「流石《さすが》です、アリナさん。無茶なお願いだと思っていましたが、無事にシエラさんを救い出してくれた。貴女《あなた》ならやってくれると、信じていましたよ」

強化された視界の中、動きを止めたマンドラゴラからシエラさんが排出されたことを確認し、僕は突き刺したレイピアの柄《つか》を強く握った。

彼女は魔力の大部分を使い、戦闘を続けることはできない状態。だから、あの怪物は僕がこの世界から消滅させる。

「離れていてくださいね。あまり近くにいると、その使い魔が消えてしまいますから」

展望台の手すりにいる二羽《わ》の小鳥に向かって呼びかけ、レイピアに魔力を込める。

この瞬間、レイピアは敵を穿ち魔法を放つ武器ではなく、必滅の武具を呼び起こす鍵となった。

「――解錠」

突き立てた切っ先より蒼《あお》い魔力を帯びた魔法陣が形成され、虚空《こくう》より光の粒子が生み出される。それは僕の左手に収束していき、やがて黄金の弓へと変化した。夜空に輝く星の煌《きら》めきを反射させるそれは、僕の魔力を帯びて燦々《さんさん》と輝いている。

銀の弦《つる》を軽く弾《はじ》くと、最高級の弦楽器のように綺麗《きれい》な音を響かせた。異常なし、最高の状態だ。

「星王弓《せいおうきゅう》、対となる矢を呼び出せ」

左手を突き出して命令の言霊《ことだま》を紡《つむ》ぐ。と、足元に展開された魔法陣から八本の矢が出現し、僕の周囲をゆっくりと漂いながら旋回している。ロイドさんに燃やし尽くすと宣言したからね。これから用いる矢は、既に決まっている。

『これがレイズの占有魔法なのね。使い魔越しでも、矢の一つ一つが濃密な魔力を持っていることがわかる。さっき飲んだ液体は魔力回復薬かしら？』

『……綺麗』

『あぁ、完全にトリップしてるのね……』

通信石から二人の声が聞こえてくるけれど、僕は気にしないように、標的となるマンドラゴラを真っ直《ます》ぐに見据える。八星矢は強力だけど、繊細な魔法だ。集中しないと、魔法陣が崩壊してしまう。

標的だけに意識を向け、視線に殺気を込めた。

「燃やし尽くす。炎を」

掌《てのひら》を上に向けて呟《つぶや》くと、旋回していた八本の矢のうちの一本——赤い光を帯びた矢が掌に収まった。その数瞬後、魔法陣より炎の龍が生まれ、蜷局《とぐろ》を巻きながら手中の矢へと接近。矢と同化するように姿を消し——爆発的に魔力が膨れ上がった。

赤い瘴気《しょうき》が漏れ出し、周囲を赤く染め上げる。炎の矢は遠くからでも視認できる程の輝きを放つが、僕の狙撃に影響はない。この輝きは目を眩《くら》ませるものではなく、敵を穿つ勝利の印なのだから！

矢を番《つが》えて銀の弦《つる》を引くと、連動するように赤い瘴気が明滅。

目標は一つ——数多《あまた》の生命を骸《むくろ》に返し、大地に悠々と君臨するマンドラゴラのみ。

「灰と化せ——炎星神矢《えんせいじんや》！」

限界まで力を籠めた弦を離し、裂帛《れっぱく》の気迫と共に炎の矢を放った。

赤い瘴気を纏《まと》い、美しく燃え盛りながら、矢は真っ直ぐに目標であるマンドラゴラへと接近。その様は、まるで闇夜に現れた一筋の流星そのもの。

細いながらも、圧倒的な存在感。

だが、空を駆け抜けていた矢は距離半ば程で一度速度を落とし——次の瞬間、矢は突如として激しく燃え上がり、一体の巨大な龍の姿へと変貌した。

全てが炎で構成された巨龍は咆哮《ほうこう》を上げながら加速し、十六本の脚を地面に埋めていた

マンドラゴラを丸呑《まるの》みにした。力強く合わせられる炎の牙。

遠目からでも大きく見えたマンドラゴラだが、龍の姿へと変身した炎星神矢を前にしては小物も同然。

龍はその口内で焼き尽くすだけに終わらず、マンドラゴラを口に含んだまま遥か上空へと昇る。大きかった巨体が掌ほどの大きさになった地点で球体へと変化し——猛烈な衝撃波と熱風、炎を周囲へと撒《ま》き散らして大爆発を起こした。

夜空に突如として太陽が出現したのでは、と錯覚してしまう程の眩《まばゆ》さ。

低空を浮遊していた雲は掻《か》き消され、地上で項垂《うなだ》れていた作物の残骸は根元から爆風に吹き飛ばされる。上空から降り注ぐ火の粉は赤い雪と形容でき、地に落下して燃え上がることなく消失した。

「殲滅、完了」

標的の完全消失を確認した僕は星王弓を霧散させ、荒く息を吐きながら両膝をついた。

足元に展開されていた魔法陣も消え、周囲を覆っていた赤い瘴気もない。

後に残ったのは、夜本来の静寂と、身体《からだ》に生まれた倦怠《けんたい》感と疲労感だけだ。

酷《ひど》い頭痛を堪《こら》えていると、僕の症状を見たリシェナ様が息を呑《の》む声が聞こえた。

『魔力消耗症に！』

『絶大な威力を持つ代わりに、魔力効率は最悪に悪いのね。実質、一発限りの大技であると』

『こんな時に何を言っているの、レナ！　レイズ様、敵はいなくなりましたし、すぐに屋敷へ戻って――』

リシェナ様と視覚を共有している白い小鳥に手を翳《かざ》し、言葉が止まったところで僕はローブの内側から一本の試験管を取り出し、琥珀《こはく》色の中身を一気に喉に流し込む。容器の中身を飲み干して数秒が経過した時、口の端から血が零《こぼ》れた。

それを乱暴に拭い、レイピアを杖《つえ》代わりに使いながら立ち上がる。眩暈《めまい》がするけど、今はそんなことに構っている余裕はない。

「これは魔力回復薬ですので、ご心配なく。まだ魔法を使う予定がありますから、服用しました」

『まだ、魔法を使うつもり？』

疑問の声を上げるレナ様に、僕は頷《うなず》く。

「えぇ。マンドラゴラは倒しましたが、僕にはまだ魔法を使わなければならない相手がいます。戦うわけではありませんので、安心してください。これは――お仕置きです」

第二十五話　幸せな別れ

私はレイズ様に言われた通り、赤い花火——巨大な炎の龍が爆発した地点を目指し、アクセルペダルを全力で踏み、目的の場所へと急いだ。

幸いにも目的の地点はそう遠く離れていたわけではなく、爆発が起きてから数分程で到着することができた。車を乱暴に停《と》め、私は焦《あせ》る気持ちを抑えきれずに外へ飛び出す。周囲一帯の作物は全て枯れているというのに、その場所だけは草花が生い茂り、まるで砂漠にポツンとあるオアシスのようにも思えた。

私は引き寄せられるようにそこへと歩み寄り——ドクン、と心臓が一度大きく跳ねるのを自覚した。

草花が咲き乱れる聖域の中央に、妻がいた。

棺桶《かんおけ》に入る時に着ていた白い簡素なドレスを纏ったシエラが、月下《げっか》桔梗《ききょう》に包まれて瞳を閉じている。今日は満月ではないのにどうして咲いているのか、という疑問は、私が焦がれ求め続けたシエラを前に吹き飛んだ。

ゆっくりと彼女の元へと近づき、その細い肢体をそっと抱き起こして――。

「――シエラ」

名前を呼んだ。私が愛し、長年会いたいと願い続けた、最愛の妻の名を。彼女の美しい茶の長髪も、安らかな寝顔も、昔と同じ。彼女の髪を撫《な》で、寝顔を見るために、朝早くに起きたことが何度もあった。今、私の腕の中で眠るシエラは、私の中で最も大きな存在だ。

ぴくり、と一度瞼《まぶた》が震え、その瞳がゆっくりと開かれた。澄んだ美しい、翠玉《すいぎょく》の瞳。

視線が交差したまま数秒が過ぎ、シエラの口が微《かす》かに開かれた。

「あ、なた――?」

弱々しい、今にも消えてしまいそうな声。だけど、静寂が広がるこの場では、しっかりと聞こえる。ずっと、ずっと、ずっと聞きたかった声だ。遠い記憶の中で何度も繰り返し思い出し、涙を流した、愛《いと》しい声。

簡単に折れてしまいそうな細い手を優しく、優しく握り、私の胸に押し当てる。

「あぁ、私だ。ロイドだよ。シエラ」

「――……随分と、老《ふ》けてしまったわね。なん、だか……昔より」

「すまないね。私一人だけ、年老いてしまった。シエラは、あの頃のままだよ」

シエラの死から、もう何年も経《た》とうとしている。当時は幼かったレナ様が大きくなり、公爵様も随分と歳《とし》を重ねられた。生きている人間に流れる時間は皆平等であり、私が相応に老いていくのは当然のこと。時が止まっていた彼女とは、別の存在なのだ。

その事実に、胸が空虚になっていく。と、頰にシエラの手が添えられた。体温のない、冷たい手。彼女を見ると、何故《なぜ》か微笑《ほほえ》みを浮かべていた。

「なんだい？」

「そんな顔をしなくても、大丈夫よ。たとえあなたがどれだけ歳を重ねても、私はあなたをずっと愛しているから。知ってる？　好きな人のことは、幾つになっても格好よく見えるのよ？」

「……そうだね。私は幾つになっても、どんな姿になっても、君を愛していることに変わりはない。どれだけ遠く、もう会えない存在なんだと、理解してもね……ッ」

涙のダムは決壊した。

頰に添えられたシエラの手に雫《しずく》が流れ、その手に自らの手を重ねた。

「すまない、シエラ……君を、たった一人で逝《ゆ》かせてしまって……本当にすまないッ。愛する君を一人にしてしまって……寂しい思いを、させてしまって……」

「あなた……」

「私は君と再び会うために、この時間を作るために、多くの罪を重ねた。命を踏み躙《にじ》った。大勢の人を巻き込んだ。……彼らの命を、危険に晒《さら》してしまった」

己が犯した禁忌を喉奥から絞り出し、全て彼女に打ち明ける。愛する人には、嘘《うそ》を吐《つ》くことはできない。私はシエラと再会するために、許されない罪を幾度となく重ねた身だ。失望されたとしても、文句は言えない。それが贖罪《しょくざい》になるというのなら、私はそれを受け入れなければならない。

「君の声を聞きたかった。君の肌に触れたかった。君の微笑む顔をもう一度……この目に映したかったんだ」

「……うん」

「だけど、これだけのことをしても、君と再び幸せに暮らすことは……できない」

マンドラゴラが吸収した生命力によって蘇《よみがえ》る時間は、極僅か。その証拠に、彼女の身体には体温と呼べるものはなく、呼吸も一切していない。

禁忌によって得られる時間は、本当に少しなんだ。支払った対価とは釣り合わない、悪魔の取引そのもの。その現実に、私は打ちひしがれる。と。

「ロイド」

シエラに名前を呼ばれ、私は俯《うつむ》かせていた顔を上げる。すると、彼女はその冷たい手で私の両頬に触れ、額を触れ合わせた。

「ごめんなさい。私の方が……あなたを、寂しくさせてしまったのね」

「シエラ？」

「私のために、沢山泣いてくれたのね。私を想《おも》って、色々と苦悩したのね。辛《つら》い思いをしたのね」

優しく紡《つむ》がれるそれは、子供をあやす母親のよう。それは冷え切った私の心に浸透していく。

「本当に、ごめんなさい。私のために、あなたに色んなことを背負わせてしまって……」

「――ッ、君が謝ることなんて、一つもない！　全て、私が自ら背負ったことなんだ」

「けれど、私が先に旅立たなければ、こんなことには……」

「君に非はない。無力な私の責任だよ」

シエラは何も背負う必要はない。許されないこの時間を作った代償は、しっかりと自分で清算するつもりだ。それこそ、死罪を言い渡されても受け止める。

だが、心で覚悟を決めた時、シエラは目を少し細めて言った。

「じゃあ、半分こね」

「半分？」

「そう。この罪は、私とあなた、二人の罪。あなた一人が、背負うものじゃない。夫婦は一蓮托生《いちれんたくしょう》、でしょ？」

「しかし――」

「言い訳は、駄目、よ？」

弱っているというのに、お茶目に人差し指を立てて私の口へと当てる。このやりとりは……あぁ、そうだった。私はこの女性に、一生頭が上がらないのだった。

諦めて頷くと、シエラは私の口から指を離し、その手を咲き乱れる月下桔梗の花弁へ。私は心の中で謝り、花を一輪手折ってシエラへと持たせた。

「綺麗《きれい》、ね。月花桔梗」

「あぁ。満月でないと、花弁は開かないはずなんだけど、不思議だね」

「ええ。ねえ、憶《おぼ》えてる？　二人で早朝、月下桔梗の花を見ていた時のこと」

「忘れるはずないだろう？　君との大切な思い出は、全て憶えているよ」

「ふふ、そうよね……。私たちの、大切な、思い出だもの……」

愛おしそうに花を見つめるシエラは、その花弁を何度も優しく擦《こす》り――その手を力なく、草花の上へと落とした。

「シエラ！」

慌てて抱き寄せ、顔を近づける。

瞳の光は失われつつあり、身体《からだ》には力が全く入っていなかった。

「そろそろ……時間、みたい」

「そんな――」

早すぎる。まだ伝えたいことも、話したいこともたくさんある。私は……あれほどの対価を払っておきながら、こんな終わり方しか……。

奥歯を噛《か》み締めて、再び溢《あふ》れ出る涙を堪《こら》える。すると、
シエラは最後の力を振り絞って身体を起こし、私の唇へと口づけた。

「――」

合わさっていた唇を離し、シエラは囁《ささや》くように言葉を連ねる。

「私は、幸せ者、ね。こんなに私を、想ってくれる人と、巡り合うことができて……」

「ッ、私もだ。君と出会えたことが、人生において最高の幸せだと、思っているよ……」

涙は流れてもいい。だが、決して悲愴な表情を作るなッ！　笑うのだ！　慟哭《どうこく》するのは別れの後でいいッ！　今は、今だけは、彼女に手向けるのは親愛と感謝の、笑顔だ！

「ロイドさん」

「ん？」

シエラは微笑みを浮かべたまま、改まった声音で私を呼ぶ。一体どうしたのだ？　何か、私に伝えたいことが――。

次の瞬間、彼女の言葉を聞いた私は目を見開き、気が付いた。あぁそれは、あの時私が聞き逃してしまった、彼女の本当の、最期《さいご》の言葉で――。

「ありがとう。ずっと、愛しています――」

「……………」

夫婦の別れを見届けた私は、熱くなった目頭を冷ますように、その場を後にした。

愛し合う二人が織りなす最後の物語を邪魔する阿呆《あほう》でも、気配りができる女でもない。

月下桔梗は単なるサービスだし、別に他意はない。これっぽっちも。

「私の仕事はこれで終わり――ってわけにもいかないか」

帰ってもいいけど、流石《さすが》にそういうわけにはいかない。

レイズも最後、かなり頑張った魔法を使って蜘蛛《くも》を倒してくれたし、事後処理を後輩に丸投げってわけにも、ね。多分、あっちも向かっているとは思うけど。

植物の獅子を生み出し、背中に乗ってあいつが逃げた方向へと走る。

「流石に私も頭にきてるから、鉄槌《てっつい》を下しに行くとするか」

第二十六話　断罪の鉄槌

足元に広がる枯れた作物の残骸を踏みしめながら、私は全力で走る。

「マンドラゴラを、たったの一撃。しかも、あんなに遠くから命中させるなんて……」

先ほどの光景を思い浮かべ、私は悔しさと恐怖で肩が震える。

あり得るのか、あんなことが。十数キーラも離れた場所から、寸分の狂いもなくマンドラゴラだけを狙い撃ちするなんて……人間じゃない。しかも、あれは上級魔法の威力を明らかに超えている。人造とはいえ、最上級危険種クラスの魔獣を一撃で屠《ほふ》ることなど……。

奥歯が砕けるのではないかという程、強く歯嚙《はが》みする。

「警戒する相手を、間違えた……」

真に警戒するべきだったのは、あの小僧の方だった。見た目に騙《だま》されていたが、あいつこそが一番危険で、厄介な相手だった。小僧を始末しに向かったラプセスとは連絡が途絶えているし、返り討ちに遭って始末されたに違いない。あの狙撃精度と威力なら、遠くで戦いを見ていたラプセスが発見され、撃ち抜かれても不思議ではない。

「くそッ……くそッ‼」

「あんな化け物がいるなんて、聞いていないぞッ！」

息はとっくに上がっているが、足は止めない。ここで止まれば、次に殺されるのは私なのだ。今は逃げることに徹するのが最善。

一先《ひとま》ずエフェルに潜伏し、組織の者と接触を図る。あの街から脱出して、必ず、必ず今回の雪辱を晴らしてやるッ！　もっと強力な魔獣を使えば、次こそは——。

「あぁ、そっちから来てくれたんですか。向かう手間が省けましたよ」

正面の暗がりから聞こえた声に、止めるものかと決めていた足が自然と止まる。鼓膜を震わせたのは、微《かす》かに幼さの残る、少年のもの。まるで知人を見つけて挨拶をするかのような陽気さでかけられた声が、私の身体を震え上がらせる。

「いやぁ、僕も結構怪我《けが》をしているので、これ以上動くのは避けたかったんです」

月の明かりに照らされて見えたのは、黒い魔法士ローブを纏《まと》った一人の少年。その肩には、黒白の小鳥が一羽《わ》ずつ留まっている。口元は歪《ゆが》められているが、藍色の瞳には確かに殺意にも似た感情が秘められているのが、わかった。

思わず後退《あとずさ》りをした時、今度は背後から別の声が。

「思ったより、早く追いついた。レイズ、狙撃お疲れ様」

無感情な労《ねぎら》いの声は、私がコケにしていた女のものだ。地面を踏み鳴らす音は、恐らく人間のものではない。女の魔法で生み出した、何かだろう。

ど、どうする。前後を挟まれ、逃げることはできない。だが、だが、きっと、何か活路はあるはず。

こめかみに指を当て、私は頭をフルに回転させ、助かる術《すべ》を模索する。

お、何か逃げ出す策を考えているな。

挙動不審になったエインを見て呆《あき》れながら、僕は肩を竦《すく》めた。どれだけ考えたところで、逃げる術はないっていうのに。諦めが肝心っていう言葉を知らないのかな？　殲滅《せんめつ》兵室の魔法士を怒らせるとどうなるか、身を以《もっ》て知ってもらわないと。

両肩の小鳥に少し飛んでもらい、その間にローブを脱いだ僕はアリナさんへと投げ渡した。

「なに？」

「いえ、服がボロボロで肌が見えてしまっているので、一応」

「……エッチ」

「別にそんな目で見てませんからね。それより、帰ったら早急に手当てをしましょう。マンドラゴラの攻撃で、毒が侵入している可能性もありますから。大丈夫だとは思いますけど」

「エフェルで応急手当てした後、王都でヘレンに傷跡が残らないように治してもらう」

「それがいいですね。貸し、とか言われそうで怖いですけど」

「大丈夫。レイズが返すからって言っておくから」

「せめて自分の分は自分で——何処《どこ》に行く気だ？」

足先の方角を変えたエインに言い放つと、アリナさんの植物が彼の腕を拘束し、その場に転がした。会話中に逃げようとするなんて、油断も隙もあったものじゃない。

エインの眼前でしゃがんだ僕は、彼の胸倉を摑《つか》んで首を軽く絞める。彼の顔は、これから行われる誅罰《ちゅうばつ》を想像したのか、恐怖で歪んでいた。

いやぁ、スカッとするね。

「散々好き勝手にやってくれたな。人の心を弄んで、欺いて、踏み躙《にじ》って。殲滅兵室としては、君をここで始末するのが妥当だと思うんだけど」

「ひ——ッ」

「私もそれでいいと思う。極刑。すぐに始末するべき」

僕らの意見を告げた途端、エインは真っ青な顔と慌てた様子で弁明を始めた。

「わ、私は組織の命令で今回のことを起こしただけなんだッ！　私の意志ではない！　家族を人質に取られて、仕方なくやっただけで――」

「「……」」

「そ、そうだ！　私は組織の重要事項をいくつも知っているぞ！　殺してしまったら、お前たちが求めている情報も聞き出せなくなるぞ！　それでもいいのか！」

僕とアリナさんは不快に顔を顰《しか》める。

この期《ご》に及んで弁明と脅迫とは……反吐《へど》が出る。でも、王国に害意を持つ組織があるということは、知ることができた。その他の情報も、本当に知っているのなら、生かしておく価値はある。だけど、それが真実かどうかを判別することは僕らにはできない。

――僕らには、ね。

『嘘《うそ》です』

僕の左肩に留まっていた白い小鳥、その頸《くび》から下げられた通信石から鈴のように凛《りん》とした声が響き渡り、断言する。僕は小鳥を掌《てのひら》に載せ、それを――リシェナ様の目を前へと突き出す。

「嘘、と申しますと?」

『その男が今言った言葉、ほぼ全てです。その男は自らの意志で此度《こたび》の事件を起こし、エフェルの民を苦しませ、レイズ様やアリナ様に傷を負わせ、ロイドさんとシエラさんを深く傷つけました。家族を人質に取られていません！』

「だ、そうだが？」

リシェナ様の言葉に、エインは顔を真っ赤にしながら反論する。あーあ、小鳥に指なんかさして……不敬罪も追加か。

「私は嘘など吐《つ》いていない！　鳥風情《ふぜい》が人間の事情に口を挟むな、あああがあああッ!?」

苦悶《くもん》の悲鳴を上げたエインの腕は、本来曲がってはいけない方向へと曲げられている。

そこには、当然のように植物の蔦《つた》が。

「黙れ。次は首を折る」

「王女殿下。続きをお願いします」

『はい。付け加えると、その男は所属する組織の重要事項などは一切知り得ていません。全て、でまかせのハッタリにすぎません！』

「な……なぜ、そんなことが――」

痛みを堪《こら》えながらエインが呟《つぶや》くと、黒い小鳥が下げた通信石から、嘲りを含んだ声が。

『残念だったわね。この子の占有魔法――心眼《しんがん》は、他者の言葉の真偽を見極めることができる魔法。この子の前では、嘘は通じないわ』

「なんで、そんな魔法が……」

絶望に全身の力を抜いたエインは、身体《からだ》を微かに痙攣《けいれん》させる。リシェナ様のことを知らないとなると、敵組織の中でもかなりの下《した》っ端《ぱ》のようだね。大方、エフェルを壊滅させれば昇進させてやるとか言われたのだろう。その計画を完膚なきまでに叩《たた》き潰されて、無様なことこの上ない。

これで自分の計画は完全に潰《つい》えたと言わんばかりに、目を剝《む》いたエインは僕らを罵倒し始めた。

「全て、貴様のせいだ小僧ッ！　貴様のような化け物がいなければ、私の幹部昇進は確実だったのだ！　王国に鎖で繋《つな》がれた犬も同然の魔法士が、私の崇高な計画を――」

虚《むな》しい、負け惜しみにすら聞こえない叫びを繰り返すエインには、もはや呆れることすらできない。使い魔越しにこれを見ているレナ様とリシェナ様も「この下衆《げす》が……」「人は堕《お》ちるとここまでゴミになるのね。よい勉強になったけれど、ゴミはしっかりとゴミ箱に捨てないといけないわね」と、不快感を前面に押し出している。

流石《さすが》にこれ以上、この不快なものを二人に見せるわけにはいかないので、早々に何とかしよう。アリナさんは植物で巨大な拳を作って準備は万端。でも、僕も鉄槌を下したいということで。

「アリナさん」

「ん？」

「これで」

僕が両手の拳をコツンと合わせると、意図を理解したアリナさんはニヤリと笑い——植物を操り、叫び散らすエインを天高くへと投げ飛ばした。

「どんくらいで行く？」

「死なない程度に。今後一生、自由に動けなくなるくらいには——氷塊弾《ひょうかいだん》」

「りょーかい——木滅拳《ぼくめっけん》」

アリナさんは巨木の拳を、僕は水属性遠距離上級魔法——氷塊弾を構える。超位魔法と上級魔法の同時発動に、僕らの周囲に魔力の風が吹き荒れる。

恐らく、今の互いに放てる精一杯。

その証拠に、お互い魔法の完成度は結構低い。形を維持しているだけでも、精一杯といったところか。魔力消耗症で、僕らの息は荒く、顔色も悪い。

正真正銘、これが最後の一撃だ。

「ゆ、許してくれえええあああああああぁぁぁッ！」

真っ逆さまに落ちてくるエインは、悲鳴を上げながら、涙を流して懇願する。

それを聞き、顔を見合わせた僕とアリナさんは、口を歪めてギラリと歯を見せ、

「「許さない」」

無慈悲に突き放した僕らは全力で拳を振るい、魔法を放った。

巨木の拳と氷塊は衝突した瞬間、どちらからともなく崩壊し、原形を留《とど》めることができずに魔力の粒子となって散っていく。衝突の中間地点にいたエインには、既に意識はない。ただ今の一撃で完膚なきまでに身体が壊れただろうから、今後の人生をどうするかは彼次第……いや、厳しい尋問を受けた後に、死罪だろうね。情状酌量の余地はない。

首謀者の捕縛と、問題解決を以《もっ》て、今回の出張は実質終了となる。余った日数は怪我の療養に当てることになるだろう。多量の血を失った後に八星矢《はちせいや》を使った僕は疲労と倦怠感《けんたいかん》が凄《すさ》まじく、アリナさんも魔力消耗症で気絶一歩手前、といったところか。

猛烈に休みたい気持ちを堪えつつ、念のため僕はエインの脈をとった。

「生きてる？」

「はい。ただ、尋問後にどうなるかはお察しの通りですけど」

「そのまま潰せばよかったのに」

アリナさんは未《いま》だに怒りが燻《くすぶ》っているようで、エインに対して鋭い視線を向ける。僕も同じような気持ちだけど、公爵様に色々と説明しないといけないんだから、我慢してほしい。折角生かしたんだから。

「何にせよ、これで事件は解決です。アリナさん」

「なに?」

「どーぞ」

両手を広げて、おいで、というポーズを取る。『れ、レイズ様⁉ ずる——』『はい、貴女《あなた》はちょっと黙ってましょーねー』という声が両肩から聞こえたけど、何を勘違いしているのか。

「魔力消耗症で、気絶寸前ですよね。眠ってしまって、いいですよ。僕が抱えていきますから」

「レイズも相当ボロボロでしょ」

「王女殿下に手当てしていただいたので、大丈夫です。ですから、一足先に眠ってください。迎えに来てもらうよう、お願いしますので」

「……じゃあ、お言葉、に——」

気を抜いた瞬間意識が落ちたのだろう。最後まで言葉を発する前に、アリナさんは僕に体重を預けて、眠ってしまった。アリナさんがここまでボロボロにやられた姿なんて、初めて見た。相当辛《つら》い相手だったんだろうね。そんな敵を押し付けてしまって、ちょっと申し訳ない。労《ねぎら》いの意味も込めて、アリナさんの髪をそっと撫《な》でる。

『むぅ……レイズ様』

「寝かせてあげてください。エフェルの、王国のために頑張ったんですから」

『そうね。本当はレイズも眠いんでしょう？』

「寝ろと言われればすぐに眠れます。というわけでレナ様。早いところ迎えを寄越してほしいのですが」

『はいはい。すぐに向かわせるから、少し待ってなさい』

レナ様にお願いしてしばらくした後、使用人さんが車を走らせ、迎えに来てくれた。

まさかもう一台、試作品の車があるとは思わなかったけど、それは言わない約束。ありがたく後部座席に乗り込んだ僕は、来た時とは違うゆったりとした速度で進む車に揺られながら、僕の膝を枕に眠るアリナさんの髪を撫で続けた。

第二十七話　処分

「さて、ロイドよ」

オーギュスト公爵邸の書斎。

机の上で両手を組んだ、私の主《あるじ》であるオーギュスト公爵様は私に厳しい視線を向けた。

「最終的な被害は、農業地帯だけで見れば、総面積の二割に及ぶ範囲に実っていた作物と、同範囲で育てられていた家畜。送粉者となる昆虫類も多く死滅したと聞いている」

「はい……」

「それ以外にも、エフェル内で二名の行方がわからなくなっている。レイズ殿が戦闘を行った場所ではない酒場が酷《ひど》く荒らされていたことから、恐らくそこに潜んでいた者によって消された可能性が高い。残念ながら、遺体は見つかっていないがな」

「申し訳、ございません」

謝って済む問題ではないことは、わかりきっていることだ。私自身利用されていたとはいえ、彼らを上手《うま》く手引きし、被害を拡大させてしまったのだ。しかも、一般人を巻き込んでしまったとなれば、命を以て償うしかない。

覚悟はできている。どんな罰を言い渡されようとも受け入れる気持ちで、頭を下げる。

「なんなりと処罰してください。如何《いか》なる罰であろうと、受け入れる所存です」

「……」

罰が言い渡される前に、旦那様は私に問うた。

「シエラとは、話すことができたのか？」

「え……は、はい。あの時――シエラが亡《な》くなる寸前、聞くことができなかった最期《さいご》の言葉も含めて、しっかりと話すことができました」

「そうか。……では」

遂《つい》に言い渡される。覚悟はできているつもりだが、自然と緊張する身体を叱咤《しった》し、旦那様を真《ま》っ直《す》ぐに見据える。だが、言い渡された罰に、私は耳を疑った。

「十年間の減給。並びに、本日より一ヵ月間の謹慎処分とする」

「……謹慎、ですか？」

それは私が犯した罪を考えれば、あまりにも軽すぎる。

「不服か？」

「い、いえ、そのようなことは！　私は不満を言える立場ではありませんので……ですが、よろしいのですか？」

「……私が犯した罪は、極刑に値するものです。あの時応接室でレイズ様に心臓を穿《うが》たれても、文句を言えない程の重罪。仮に死を免《まぬが》れたとしても、王国から国外へと追放されるものであると――」

「何がだ」

「お前がそれを望むのならば、好きにしろ。だが、望んでいないのであれば、私が下した命令に従え」

「しかし――」

「お前が使用人を纏《まと》め上げなくては、誰がその役目を担《にな》うというのだ。一度歩むべき道を踏み外したとはいえ、私が優秀な人材を易々《やすやす》と手放すわけがないだろう。もう一度言うが、十年間の減給と一ヵ月間の謹慎だ」

何を言おうと、旦那様は私への罰を変えるつもりはない。主がそうおっしゃられるのであれば、私はそれに従うしかない。

深々とその場で腰を折ると、旦那様が立ち上がり、私の傍《そば》へ。

「ロイドよ。お前とシエラが仲睦《むつ》まじく、素晴らしい夫婦愛で結ばれていたことは、私もよく知っている。故に、シエラが亡くなったと聞いた時は、私も驚いた。同時に、お前が心を壊してしまわないかと、心配にもなった」

「……ッ」

「だが、お前はしばらく休んだ後、以前と変わらない様子で仕事に復帰した。私はそれで安心しきってしまったのだ。シエラの死を受け入れ、乗り越えることができたのだと。実際は受け入れることができず、苦悩を抱えたままであったことに気づかずに」

私の肩に手を置き、旦那様は何度も軽く叩《たた》かれた。

「責任は私にもあるのだ。お前の心情に気づいてやれなかった、私にもな。お前は謹慎期間中に、しっかりと己の心に整理をつけてこい。お前自身も、今回の被害者であることを決して忘れるな。後処理は――私に任せろ」

「……ありがとう、ございますッ」

旦那様の気遣いに、言葉に、思わず涙が溢《あふ》れてしまう。これほどのことをした私に失望せず、挽回《ばんかい》の機会を与えてくださる心遣いに、深い、深い感謝を。旦那様の期待を裏切るようなことは絶対にできない。生涯をかけて、私は彼に仕える。

あぁ、シエラ。私は、私たちはこの人に仕えることができて、本当に、誇らしく思うよ。

「何をしているのだ、レナ」

「あら、気づいていらしたのですか」

ロイドが部屋を出た後、お父様は不可視化を使って様子を窺《うかが》っていた私に顔を向けた。

気づかれている以上隠れる必要もないので、魔法を解除して姿を現す。

「ロイドにどんな罰を下すのか気になったので、見ていたのですよ」

「態々《わざわざ》姿を隠す必要はないだろう」

「ロイドが必要以上に萎縮してしまわないように、という気配りです」

「妙な気を配る娘だな、レナは。宮廷魔法士の二人はどうだ？　かなり負傷していただろう」

街の、国のために戦ってくれた二人のことは、かなり気になっている様子。お父様はこれから色々な後処理に追われることになるし、彼らが目を覚ます頃には仕事で忙殺されて会うことはできないでしょうね。

「二人とも、今は眠っています。アリナ様は骨折に魔力消耗症、レイズは同様の状態に加えて過剰出血による貧血。狙撃とはいえ、ただでさえ重傷だったのにもう一戦ですからね。処置した傷口が幾つか開いていたそうです。リシェナに怒られてすぐ、眠ってしまいました」

「そうか。かなり、無茶をさせてしまったようだな。だが、最悪といえるコンディションで最上級危険種を屠《ほふ》る魔法を行使するとは……」

「絶大な威力を持つ一方、反動も凄《すさ》まじいようですが」

レイズの治療をしている時、リシェナは真剣に怒っていた。主に、心配させないでほしいということを。マンドラゴラ戦は使い魔を通して戦況を把握していたので、凄《すご》く心配していたというわけではない。だけどその前の戦い——レイズがボロボロになって帰ってくるまで、忙《せわ》しなく玄関の前をうろうろしたり、落ち着かない様子だった。その心労は、容易に察することができる。私としても、あまりリシェナに気苦労を背負わせないでほしいと思うけど、彼の肩書きがそれを許さない。これからも、傷だらけになりながら戦うことは必ずある。

「戦闘後の反動があるとはいえ、それだけの力を行使することができるのだから、その程度の代償は安いものだろう。魔法士でありながら兵器と言われるだけのことはある」

「兵器ではありませんよ。彼らは、立派な魔法士です」

私の指摘に、お父様は「そうだな」と言い、笑った。

殲滅《せんめつ》兵室の魔法士を兵器と表現する者は多いけれど、私は全くそうは思わない。彼らには人として備わっているものが、全てあるのだから。

その証拠に……レイズが目を覚ましたら、びっくりするでしょうね。うちのお姫様を心配させた罰とも、頑張ったご褒美《ほうび》とも言えることが、強制的に行われるから。
きっと──人間らしく頬を引き攣《つ》らせるはずよ。

第二十八話　看病という名の拘束

「あの、リシェナ様」

「なんですか？」

僕は寝泊まりしていた客室のベッドに横たわりながら、笑顔で傍の椅子に座っているリシェナ様へと問いかける。

「ご自身のお部屋に戻らないのですか？　結構な時間、ここにいると思うんですけど」

「はい。今日は一日、レイズ様に安静にしてもらいますから。ずっと傍にいますよ」

「……」

満面の笑みで言われるけど、これは善意だけではないことを僕は知っている。

農業地帯から帰還した僕は、開いた傷口や途中だった骨折の治療を終えてリシェナ様に一通り怒られた後、この部屋で気絶するように眠りについた。魔力と血を失っていたから疲労感も凄かったし、とにかく身体《からだ》が休息を取りたがっていたんだろうね。

そして今朝、僕が目を覚ますとベッドの傍にはリシェナ様がいて「おはようございます。今日は私が看病しますので、安心して休んでくださいね♪」と、事実上の拘束宣言をされたのだ。流石《さすが》に、頬を引き攣らせずにはいられなかったね。

頑張って事件を解決したのに、動くことができないなんて……。こんなに可愛《かわい》い王女様に付きっきりで看病してもらえるのは嬉《うれ》しいことなんだろうけど、一日中寝たきりは正直キツイ。確かに身体に痛みはあるけど、それ以上に暇が辛《つら》い。やることないんだよね。

ちなみに、隣の客室ではアリナさんが絶賛爆睡中。

元々睡眠時間が長い人ではあるけど、魔力消耗症の状態だったから、今日はいつも以上に寝ることだろう。早く元気になってもらいたい。

他ごとを考えていると、リシェナ様が不安そうな表情を作った。

「もしかして、私と一緒にいることが、嫌なのですか？」

「え？　いや、そんなことはないですよ？　ただ、リシェナ様の時間を奪ってしまうのは申し訳なくて――」

「それなら良かったです♪　今日は一日中ここにいるつもりなので、予定は何も入れていませんから。私のことは気にしなくていいですよ」

「……わかりました」

世の中、諦めが肝心。ここで駄々を捏《こ》ねたところで現状が変わるわけでもない。いや、寧《むし》ろリシェナ様による監視が更に厳しくなるかもしれない。少しでも傷に障るような行為は全て禁止されているし、潔《いさぎよ》く安静にしていよう。

「そういえば、エインは今何処《どこ》にいるんですか？　迎えに来てもらった時、トランクの中に詰め込んだところまでは覚えているのですが、その後は？」

「あの男なら、最低限の手当てだけして、地下牢《ろう》に閉じ込められています。お二人の魔法が相当ダメージになっていたようで、まだ意識を失ったままです」

「後悔はしてませんけど、少しやりすぎでしたね。せめて意識を保つ程度に済ませるべきでした」

目が覚めるまで尋問することができないし、時間の無駄になってしまったな。目が覚めた後は更に地獄が待っていることだろうし、いい気味だとは思うけどね。

リシェナ様も同意見のようだ。

「私はあれくらいやってよかったと思いますよ。見ているだけで腹が立ってきますし、全く反省もしていませんでしたから」

「外道に反省を求めてはいけませんよ。どのみち、これから厳しい尋問が待っていますし、終わった後は死刑か炭鉱送り。まともな道は残されていませんから。リシェナ様が憤《いきどお》るだけ無駄です」

「それはそうですけど……」

「王国の危機が去り、ロイドさんは支払った対価を受け取ることができた。今はこれで十分ですよ」

それを最後に、沈黙が訪れた。

窓から吹き込む風に揺られたカーテンの擦《こす》れる音と、庭園の噴水に集まった小鳥の囀《さえず》りが響くだけの、静寂。

先ほど振ったエインに関する会話が終わった故に訪れたものだけど、僕はどことなく居心地の悪さを感じた。何か話題を振らなければ、と思うけど、この空気を一変させる明るい話題など早々浮かぶはずもない。

そもそも姫と魔法士という身分の僕らに共通の話題なんてあるのか？　使う魔法の系統だって全然違うし、普段の生活なんて次元が違う。こうして一つの部屋に二人でいることが、そもそもおかしなこと……なんて思うのは今更か。

ぐるぐると頭を回転させて長考した末に浮かんだのは、あの時の約束だった。

アルセナスから距離を取っている時にした——殲滅兵室にリシェナ様の名前を伝えないでほしいと言った、真意について。

今までは二人きりになる時間がなかったという理由で曖昧にしてきたけど、今はそんな言い訳も通用しない。外に護衛の人が立っているとはいえ、声までは聞こえない。秘密が漏洩《ろうえい》する心配もないのだ。

寧ろ話すなら、今しかない。

だけど……開きかけた口を、僕は閉じる。

リシェナ様のことを考えると、どうしても躊躇《ためら》ってしまう。心優しい彼女のことだから、きっとそれを知ったら、心を酷《ひど》く痛め、傷つくと思う。

僕はリシェナ様を傷つけることは、言いたくない。でも、約束を反故《ほご》にするわけにもいかない。

自分で決断することができず、無意識の内に両手で頭を抱えてしまった。

こんなに悩むことになるのは凄く久しぶりだ。昔は色々とすぐに決断できる方だったのに、いつからこんなに優柔不断になってしまったのか……嘆かわしい。

と、僕の様子を見ていたリシェナ様はくすりと笑い、「レイズ様」と僕を呼んで、こう言った。

「私はいつまでも、待っていますから」

え？　と声に出す前に、彼女は続ける。

「話してくださいとは言いましたけど、催促はしません。貴方《あなた》が話せると思ったタイミングで、いいですからね」

どうして何も言っていないのに……これも、アリナさんが言っていた女の勘ってやつなのかな。心を見透かされている気分。心眼《しんがん》にそんな能力、なかったはずだけど。

「……」

「……わかりました」

一旦保留ということで、僕は両手を下ろして頷《うなず》いた。

不甲斐《ふがい》ない。というか情けない。男なら何でもスパッと決断して、行動に移すべきなのに。エルトさんのように何でも豪快に……あそこまでは嫌だな。大事な資料もゴミ箱の中にぶち込んでいることがあるし。

気を遣ったつもりが、逆に気を遣われることになるなんてなぁ……。

「申し訳ありません」

「いいえ。でも、いつかは話してください。待っていますから」

「それは勿論《もちろん》です」

「よろしい。では……」

躊躇いがちに差し出されたのは、小指を立てた右手だった。

それが意味することは、流石に僕でもわかるよ。何か約束事をする時、こうして二人の小指を絡《から》めて誓う。村にいた頃、何度も妹とした記憶がある。

でも、これはもっと小さな子供がする、おまじないのようなものだったと思うんだけど……そんなことはこの際、どうでもいいか。

僕は王女殿下の仰《おお》せのままに、応じるだけ。

「約束を破ったその時は、この首を断頭台の露《つゆ》に致します」

「そんな重い罰を背負わなくていいですから！　というか、そんなこと絶対に許しませんからね！」

予想以上の反応が返ってきたことに笑いつつ、リシェナ様の小指に自分のそれを絡める。

触れ合ったその指は、何故《なぜ》かいつも以上に温かく感じた。

エピローグ　帰還の電車で

七日間の出張を終えた、八日目の早朝。

「アリナ様、レイズ、この度は本当にありがとうございました」

駅のホームで王都に帰るための列車を待っている時、リシェナ様とレナ様が見送りに来てくれた。レナ様が腰を深く折り、僕らにお礼の言葉を告げた。

「お二人のお陰で、エフェルの民が再び平穏な暮らしを取り戻すことができました。オーギュスト家の者として、改めて感謝を」

「あまりお気になさらないでください、レナ様。屋敷《やしき》を出る直前に公爵様から感謝の言葉は受け取っていますし、私たちは与えられた任務を遂行したに過ぎません。国を守るために戦うのが我々の役目です」

来た時と同じように、アリナさんは猫を被《かぶ》ってレナ様にそう言い、僕もそれに同調して頷いた。

「僕たちはやるべきことをしただけですから、気にしなくていいですよ」

「そうだとしても、素直に感謝ぐらいされてほしいわ。そんな返しをされたら、私も気まずくなるでしょ？」

もう、とレナ様は不満そうに腕を組む。

それは僕らも同じで、任務を完了しただけで感謝されても、正直どんな反応をすればいいのか困るんだよね。偉ぶることでもないし。

「感謝よりも、僕としてはエインに厳しい処罰をお願いしたいです」

「それは当然のことよ。まだ意識は戻っていないけど、起きたらすぐに尋問を開始するわ。多少手荒な手を使ってでも、知りうる全てを吐かせるわ。王国に敵対する組織の有益な情報は、あまり期待できそうにないけどね」

既にリシェナ様が心眼を用いて、エインが有益な情報を持っていないことは確認してしまったからね。実質的に尋問は、なけなしの情報を搾り取る作業になるわけだ。

「オーギュスト家に喧嘩《けんか》を売ったのだから、相応の仕打ちは受けてもらわないとね」

「でもレナ。あの人は全身骨折してるはずじゃないの？」

「骨が駄目でも肉があるでしょう？」

「さらっと恐ろしいこと言わないでくださいよ……」

「再起不能にしたのは誰かしら？」

僕とアリナさんはしれっと視線を逸《そ》らした。

やりすぎたかも、とは思うけど後悔はしてないし、リシェナ様もあれくらいやってよかったと言ってくれたので、反省はしません。が、確かに後の尋問に影響するかも、ね。そこはごめんなさい。

「私は最後の一撃を支持しますからね。それに、レナも同じように思っていますよ」

「勿論。正直あれでも生温《なまぬる》いと思うわ。もっとこう、長い時間をかけて苦痛を――」

「それ以上は公爵令嬢としてどうかと思います」

あまり下品、というかグロテスクな表現はしてほしくない。仮にも立場があるのだから、慎んだ言動を心掛けてほしいな。

僕の注意を受けたレナ様はバツが悪そうに口を尖《とが》らせ、不機嫌そうに愚痴を零《こぼ》す。

「だって、エインは何の情報も持っていないだろうし、もう一人のラプセスとかいう男は始末されていたし、上手《うま》くいってないんだもの。機嫌も悪くなるでしょ、普通」

「ラプセス?」

アリナさんが説明を求めるように僕に顔を向ける。そういえば、話していなかったか。

「エインと共謀していた男です。特殊な生物を創り出して僕たちを始末し、マンドラゴラから吐き出されたシエラさんをその生物に捕食させようとしていました」

「なるほど、レイズが苦戦していた相手ってことね」

「別に苦戦してません。ちょっと場所が悪かっただけです」

「はいはい。負けず嫌いはわかったから」

宥《なだ》められるように、アリナさんに頭を撫《な》でられる。

苦戦したことは事実だけど、認めたくない。そもそも僕は遠距離攻撃専門なんだから、寧《むし》ろ善戦した方だよ。異論は認めない。

「そのラプセスという男、屋敷から随分離れた道端で発見されたんだけど、奇妙な紙以外に持ち物はなかったわ。丁度心臓の部分に焦げた痕跡と穴が穿《うが》たれていて、ほぼ即死だったそうよ。貴方が戦っていた建物の屋上も調べたけど……まさかあの距離から狙撃したんじゃないでしょうね？」

「いや、そのまさかですけど。マンドラゴラより距離は近いですし、別に難しくは……」

と言うと、レナ様は呆《あき》れたように反論した。

「三キーラの距離で拳大の標的を正確に撃ち抜くことが難しくないと？」

「いや、僕はスナイパーですし」

「「デタラメね」」

「流石《さすが》です、レイズ様！」

アリナさんとレナ様は呆れ、リシェナ様は称賛の言葉を送ってくれた。

誰にだって得意不得意はあるだろうし、この狙撃能力を買われて僕は殲滅《せんめつ》兵室にいるわけだから、そこまで驚かなくてもいいんじゃないかな？　特にアリナさんは何度もタッグを組んで戦っているんだし、今更でしょう。

「デタラメって、そんな大袈裟《おおげさ》──」

僕が反論しようとしたタイミングで蒸気を吹き出す列車がホームに到着し、開かれた扉から乗客が乗り降りしていく。どうやらお別れのようだ。

「では、またいずれお会いしましょう。ロイドさんにもよろしくと、伝えておいてください」

「ええ。貴方たちも、元気でね。任務で殉職しましたなんて知らせが来ないことを願っているわ」

「縁起でもないことを言わないでくださいよッ！」

別れ際《ぎわ》になんてことを言うんだ、この公爵令嬢は！　ないとは言い切れないんだから、不安になるようなことは言わないでほしい。

アリナさんは苦笑しながら足元の荷物を持つ。

「王都には私たち以外にも殲滅兵室の魔法士がいますし、大丈夫ですよ。王国の最高戦力なんですから」

「それもそうね。アリナ様も、過剰にレイズを弄《いじ》って、元気でね」

「なんで僕が犠牲に……」

しかも適度にじゃなくて、過剰にって。その内ストレスを抱え込んで逃亡したくなりそうだ。逃げたところで捕まるんだろうけど。

項垂《うなだ》れながら荷物を持った僕は、成り行きを見守っていたリシェナ様に向き直る。

「王女殿下も、残りの公務、頑張ってくださいね」

「はい！　王都に戻ったら、またお話ししましょう」

「ええ、是非」

最後に二人と握手を交わし、僕とアリナさんは列車に乗り込んだ。

荷物を置いて指定席に座った直後に汽笛が鳴り響き、列車は王都への帰路を走り出す。

どんどん小さくなっていく駅を窓から眺めながら、僕はしみじみと呟《つぶや》いた。

「大変な仕事でしたね」

「うん。最初は土地の調査の手伝いだけだと思っていたけど、あんな怪物と戦うことになって、執事の人と奥さんの話を聞いて……色々と、思い出になったかも」

「確かに、思い出にはなりました。身体《からだ》はボロボロになりましたけど」

でも、トータルで換算すれば、楽しかったかな。

「レイズはお姫様といちゃいちゃしてたから、いい思い出になったんじゃない？」

「べ、別にいちゃいちゃなんてしてませんよ。何を言っているんですか……」

「好きになったわけじゃないんだ？」

「なってません。身分が違いすぎますし、そもそも僕に、誰かを好きになることなんて……」

窓の外に視線を移しながら、ぶつぶつと呟く。僕がリシェナ様に恋慕の情を抱くなんて大それたこと、許されるわけがない。僕では何もかも、リシェナ様に劣るのだから。

「ふぅん」

僕の反応を見てアリナさんは何を思ったのか、何処《どこ》か色気の漂う表情で言った。

「じゃあ、私がレイズを貰《もら》ってもいいわけだ」

「…………………え？」

あまりの衝撃に、長い時間硬直してしまった。

いや、だって、え？　アリナさんが僕を？　いやいやいや、一体何の冗談で……。今までそんな素振りは一切見せなかったのに、急になんで？　ちょっと一旦アリナさんから離れて色々と整理したいんだけど、残念ながらここは列車で逃げ場はない。

徐々に顔が熱を持ち始めたことを自覚した時、アリナさんがクスクス笑いだした。

「やっぱり、レイズをからかうのは面白い」

「そ、そういうからかいは心臓に悪いのでやめてください！」

「過剰に弄れってレナ様に言われたからね」

僕は全身を弛緩《しかん》させて、背凭《せもた》れに体重を完全に預ける。

本気で焦《あせ》った自分が恥ずかしい。アリナさんは表情の起伏が乏しいから、嘘《うそ》を吐《つ》いているのかわかりにくいんだよ。何か今までに感じたことがない色気が出てたし。くそ、やられた。

とても深い溜息《ためいき》を吐きながら流れる景色を眺めていると、アリナさんが何かを要求するように、片手を僕に突き出した。

「まぁ、冗談は置いといて、あれ貸して」

「あれ？」

「そう。レイズが読んでた、あの本。ちょっと興味が湧いたから、私も読む」

「あぁ、はい。どうぞ」

鞄《かばん》の中から取り出し、手渡す。バタバタしていたので忘れていたけど、そういえば読ませる約束をしていたんだった。

でも、どういう心境の変化？　他人の恋愛でときめくわけないとか言っていたのに、自

分から貸せと言い出すなんて。

でも、ちょっと嬉《うれ》しい。自分の好きな本を読んでもらえるのは、いい気分だからね。

「いいですか？　本を読むときは、しっかりと行間にも目を通して、決して流し読みはせずにですね――」

「うるさい。好きに読ませて」

本を開いたアリナさんは、紙に並んだ文字列に一瞬顔を顰《しか》めながらも、黙々と読み進めていく。

その真剣な表情を、僕は窓枠に頬杖《ほおづえ》をつきつつ、眺めた。

大きな仕事を終えた後の爽快感と弛緩した空気を感じながら、ガタンゴトンと列車が奏《かな》でる音に耳を傾ける。

こうして、王都への緩やかな時間は心地よく、流れていくのだった――。

あとがき

お久しぶりです、安居院晃《あぐいこう》です。

こうして無事に二巻を出版することができ、大変嬉《うれ》しく思います。

『カクヨム』版をお読みになられている方は気づかれたと思いますが、九割以上加筆・修正を致しました。原稿作業中、「これではとても世に出せない！」と自分自身で感じまして、かなり気合を入れて改稿しました。

今巻はレイズ君と作者の紅茶好きが際立《きわだ》ちましたね。

「紅茶好きの主人公を書くなら相応の知識が必要だ！」と、『カクヨム』で宮廷魔法士を書く前に紅茶検定を取得したので、結構詳しいです。テスト週間だったのに一緒に行ってくれたN君ありがとうね。お礼に今度、うちの犬の抜けた乳歯をあげるよ。五本くらい。

さて、二巻の内容についてですが……いかがでしたか？

お姫様とのイチャイチャ見たい！　という声が非常に多かったのですが、2巻はいかがでしたでしょうか？　作者である私はアリナさんがお気に入りです。無表情なキャラ、大好物。

また僕は最後の最後で一気に逆転する熱いバトルが好きなのです。後日、負傷した主人公をヒロインが看病するというシチュエーションまであると完璧。共感してくれる方がいらっしゃると嬉しいです。

そして、今巻では一巻で少しだけ登場したレナ様をカバーに描いていただきました。滅茶苦茶可愛《めちゃくちゃかわい》いですね、レナ様。ゴシック系の衣装が私のストライクゾーンをどえらい速度で抉《えぐ》り取っていきました。

個人的に、レナ様は結構気に入っております。

当初は気高くて堅物な子にしようと思っていたんですけど、書いている内に気品はあるけどいじられキャラ、という感じに変わっていきました。私の悪いところと言いますか、書き始めると最初に決めたキャラの設定が変わってしまうんですねぇ……気を付けたいところ。

しかし、レナ様に関してはこれでよかったと思います。あんまり堅物だと柔軟性がないキャラになってしまいますし、愛らしい部分があった方が親しみやすいとも言えますから。

ただ、今後はキャラ設定がブレないように注意していきたいと思います。

最後に、謝辞を。

担当編集様。今巻もサポートありがとうございました。そして、打ち合わせ前に原稿を進めてしまい申し訳ありませんでした。猛省しております。お会いする機会がありましたら、全力の平手打ちをお願い致します。拳でも可。

美和野《みわの》らぐ先生。前巻に引き続き素晴らしいイラストをありがとうございました。イラストが送られてくる度に、私の心がズキュンドキュンしてしまいます（語彙力の欠如）。

校正担当様。いつもありがとうございます！

最後に、ここまで読んでくださった読者の皆様に、最大限の感謝を。皆様に満足していただける物語にできるよう、鋭意努力してまいる所存です。

それでは、またご挨拶できることを、楽しみにしております。

お便りはこちらまで

〒一〇二―八一七七

ファンタジア文庫編集部気付

安居院晃（様）宛

美和野らぐ（様）宛

富士見ファンタジア文庫

宮廷《きゅうてい》魔法士《まほうし》です。最近姫様《さいきんひめさま》からの視線《しせん》が気《き》になります。2

令和３年６月20日　初版発行

著者――安居院晃《あぐいこう》

発行者――青柳昌行

発　行――株式会社KADOKAWA
〒102-8177
東京都千代田区富士見2-13-3
0570-002-301（ナビダイヤル）

印刷所――株式会社暁印刷

製本所――株式会社ビルディング・ブックセンター

ISBN978-4-04-074187-1 C0193　◇◇◇

ファンタジア文庫

辺境都市の育成者

The mentor in a frontier city

レベッカ

王国貴族の子女だったものの、政略結婚に反発し、家を飛び出して冒険者となった少女。最初こそ順調だったものの、現在は伸び悩んでいる。そんな折、辺境都市の廃教会で育成者と出会い――!?

STORY

「僕の名前はハル。育成者をしてるんだ。助言はいるかな?」

　辺境都市の外れにある廃教会で暮らす温和な青年・ハル。だが、彼こそが大陸中に名が響く教え子たちを育てた伝説の『育成者』だった!　彼が次の指導をすることになったのは、伸び悩む中堅冒険者・レベッカ。彼女自身も諦めた彼女の秘めた才能を、『育成者』のハルがみるみるうちに開花させ――!「君には素晴らしい才能がある。それを磨かないのは余りにも惜しい」　レベッカの固定観念を破壊する、優しくも驚異的な指導。一流になっていく彼女を切っ掛けに、大陸全土とハルの最強の弟子たちを巻き込んだ新たなる『育成者』伝説が始まる!

すべての最強は
一人の『育成者』から生まれた――。
ハル
いつも笑顔な、辺境都市の廃教会に住む青年。ケーキなどのお菓子作りも得意で、よくお茶をしている。だが、その実態は大陸に名が響く教え子たちを育てた『育成者』で――!?
シリーズ好評発売中!

切り拓け！キミだけの王道
ファンタジア大賞
原稿募集中！
賞金
《大賞》300万円
《金賞》50万円 《銀賞》30万円
選考委員
細音啓 「キミと僕の最後の戦場、あるいは世界が始まる聖戦」
橘公司 「デート・ア・ライブ」
羊太郎 「ロクでなし魔術講師と禁忌教典《アカシックレコード》」
ファンタジア文庫編集長
前期締切 8月末日
後期締切 2月末日
公式サイトはこちら！ https://www.fantasiataisho.com/
イラスト／つなこ、猫鍋蒼、三嶋くろね